小説 非正規

外されたはしご

北沢 栄
Sakae Kitazawa

産学社

目次

ブックデザイン　若松　隆

トマ・ピケッティが指摘した、世界的に拡大し続ける格差社会――。21世紀ニッポンにおける格差問題は、非正規雇用に象徴される。

この小説は、格差の驚くべき広がりと、その多面多様な実相を主人公の格闘を通じて描いた。物語は、イマジネーションによる創作であり、そこに息づく主人公ら登場人物は架空で、実在しない。

ただし舞台の背景にある法令、制度、社会・経済事件、問題の歴史的経緯の記述などは、すべて事実に基づく。

主な登場人物

弓田　誠　年収220万円に満たない東大卒の非正規労働者
鳴海　英介　メガバンク、菱友銀行の頭取兼CEO
鳴海　俊太郎　英介の長男。父と同じメガバンク勤務のエリート銀行員
弓田　直子　弓田誠の実母
木内　雅実　大手自動車メーカー・Zモーターの正社員で生産管理課所属
山川　光輝　弓田誠の古くからの友人で、別のメガバンクの中堅幹部
田中　菊男　居酒屋「コタニ」のコンロ場担当非正規社員
香西　正三　政府系機関に勤めるベテラン準公務員
山岸　康夫　非正規の高校英語教師
胡谷　治彦　外食チェーン「コタニグループ」社長
平田　純一　大手自動車メーカー・Zモーターの出荷係長
横山　恵利　菱友銀行の新入社員。鳴海俊太郎の部下
海老原　収一　菱友銀行の人事担当副社長
永野　芳朗　菱友銀行で働く非正規社員で弓田誠の同僚
吉沢　実果　菱友銀行初の女性執行役員。広報担当

プロローグ

ごった返すハローワークを出て、すぐ近くのコーヒーショップの片隅に腰を下ろすと、弓田誠はようやくひと息ついた。

景気が回復し、失業率は改善されたと報じられている。なのに、なぜ求職者が溢れているのだろう？　――弓田は先ほどからの疑問を胸に抱きながら、コーヒーを口に含んだ。

その時、答えが閃いた。（そうか。失業者の職探しだけでない。すでに職に就いている大勢の人が、〝もっといい仕事はないのか〟と押しかけたに違いない）

弓田は1時間前に、たまたま耳にした男たちの会話を思い出した。ハローワーク2階の長椅子で隣に座って仲間と話し込んでいた若い男が、こう漏らしたのだ。

「またかよ、もう真っ平だ。建設関係は二度とご免だ。高給に釣られて俺、福島で東電絡みの出稼ぎをやったけど、きつ過ぎてもたない。今度こそ自分的にいい仕事に就きたいが、待遇がいいのは建設ばかりだな。人手が足りないから、給与は上がる。が、きつさも上がる」

世間では、雇用状況は目に見えてよくなったという。だが、気に入った職場はなかなか見つからない。現実はこれだ。弓田はつくづくそう思った。

それから、指を折って数えた。「一つ、二つ、三つ、四つ……そう、俺が1年以上の有期雇用で勤務した会社だけで4社。1年未満を入れれば10社近い。雇用の種類もほとんど全部経験した。アルバイト、パート、派遣社員、契約社員とね。昼と夜に別のパート先で働く掛け持ちも、月150時間を超える過激残業も経験済みだ。フフフ、俺は非正規雇用のプロだな」

弓田は自嘲してニヤリと笑った。

「勤め先も半端じゃない。外食チェーン大手、世界的な自動車メーカー、年金機構、日本有数のメガバンク。いずれも低賃金の不安定雇用だが、この経験はほかでもない、自分だけの資産ではないか。この体験資産を生かさない手はない」

弓田が再び薄く笑った。ウエイターが注いだ2杯目のブラックコーヒーを飲みながら、つぶやいた。

「俺は自分の資産を〝体験資産〟と呼んでいる。各種体験を通じて得た現実世界に対する幅広い理解、実務的な知識、最小の出費で最大の収穫を上げる生活の知恵等々だ。いろんな業界業務を渡り歩くことで、カネは溜まらないが経験は横に広がった。こいつを生かさない手はない」

弓田は最近、友人から「君に資産のようなものはあるのか」と聞かれ、「ある。体験資産だ」と答えている。この資産はカネや不動産と違って目に見えないから、弓田は「無形資産」とも呼ぶ。そして、この種の資産家として過去の経験の有効活用をしなければ、と考える。

弓田の座席から3、4メートル離れた斜め前に、20代前半と見られる若者がさっきから熱心に雑誌を手に取って読んでいる。眺めていると、雑誌の表紙に「就活」という見出しが見え隠れする。

（きっと再就職組だな。大卒2年目で年は24か25。前に勤めた会社を〝自分に合わない〟と1年で辞めた口だろうな。おそらく超長時間残業のようなブラック性が、依願退職に踏み切らせたのではないかな……）。弓田はその若者を見ながら想像を巡らした。長年の勘から、自然にそう思えてきたのだ。

この日、弓田が東京・飯田橋にあるハローワークを訪れたのは、いつものような求職のためではなかった。求人・求職状況を調査するためだった。人生を切り拓くはずの次の体験資産を積むために。

弓田は、自らの大卒後の社会人人生12年の歩みを振り返ってみた。その歩みは変化に富んではいたが、いずれの場合も非正規雇用者としてだった。

「非正規雇用者！　もはや特別の存在だ。ニッポン資本主義にとって、グローバル競争の中、雇用のバッファー（緩衝器）として層が膨らみ不可欠になった。だが、非正規の1人ひとりはほんの小さな部品に過ぎない。この非正規が、いまでは全雇用者の4割を占める」

弓田は感慨深げに目を細めた。その表情は考え深い中年の男を思わせ、とても34歳には見えない。

弓田は独白を続けた。

「で、非正規の俺は一時は社会を呪ったが、いまでは冷静に感謝さえしている。お陰でたっぷりの体験資産を蓄えたからな。他人《ひと》には手に入らない資産を。この資産を元手に、いよいよ人生の再出発といこう」

そうつぶやくと、斜め前の若者をチラリと見た。若者は相変わらず〝就活雑誌〟を一心不乱に読んでいる。

弓田は思考を次に進めた。「俺の身体資産は、何一つ、病気も大したケガもせず、いたって良好だ。体験資産同様、俺の身体資産もきわめて優良資産。これを活用しない手はない」

弓田は右の人指し指を立てて自問した。

「身体資産を点検してみよう。既往歴――大病一つもなし。ケガ、小指骨折の労災事故1件のみ。身長173センチ、体重67キロ、胸囲97センチ――昔なら甲種、合格だ」

そうつぶやいてニヤリと笑った。

「申し分ない。時は、熟した。いよいよ第二の出発だな」

弓田は満面に笑みを浮かべ、ひと息入れると、自らに語りかけた。

「ここで過去の戦いの跡を振り返ってみよう。反省が大事だからな。アッという間の12年だったたな。消耗的な労働に明け暮れた。だが、なかには意味深い重要な体験もあった。そいつは、優良資産として大事に保存し、今後も大いに生かすことができる。その記憶の一つ一つを引き出して、冷静に分析してみるか——」

弓田は椅子に深く座り直した。目を閉じ、ゆっくりと深呼吸をした。忘れようもない、あの光景が瞼《まぶた》に浮かんできた。

I　外食チェーン

1．感想レポート

「オイッ、店長を見ろ。パソコン打ちながら寝ているぞ」。弓田は同僚の田中の声で、ハッとしてレジの後方を見た。弓田も端末を片手に冷蔵庫の在庫をチェックしながら、ウトウトと眠りかけていたのだった。

午前3時を過ぎていた。前日の午後3時前に出勤していたから、勤務時間は12時間を超えている。この居酒屋チェーン「コタニ」の川崎駅前店に勤務して3カ月が経っていた。田中菊男はキッチンのコンロ場担当で、弓田と同じ26歳。弓田より入社が3カ月早い。忙しさがピークを過ぎた午後10時過ぎに、2人は休憩を取った。終電までに帰るアルバイトがいる間に、1時間の休憩を取るように会社から指示されている。

しかし、実際にはいつも30分くらいしか休めない。その間に、食事をメニューから選んでとる。

キッチンで作ってもらい、3階のスタッフルームに店内のミニエレベーターで運ばれて来る。手の込んだ料理は作る時間がかかるので頼まない。

弓田と田中は、ミックスピザとカツサンド、フライドポテトを頼んだ。2人がようやく腹を満たして落ち着くと、田中がポツリと漏らした。

「俺、辞める。きつい、もたない。今日でもう12連勤やった」

12連勤とは、12日間の連続勤務のこと。アルバイトが休んで手が足りなくなったのだ。

コンロ場は火を使い、主に炒め物を作る。弓田の担当する刺場と並んで、一番多忙で捌《さば》くのが難しいポジションである。

理由はオーダー数が飛び抜けて多いのと、注文から15分以内に料理を出さなければならない決まりがあるせいだ。仕事のきつさにはバラつきがあった。他の従業員も「コンロ場と刺場は真っ平だ」とやりたがらない。

刺場は火を使わない刺身やサラダ、冷菜、お茶漬け、デザートが担当だ。一見、簡単に見えるが、作業のスピード、盛り付けや刺身の切り方のバランス、しっかりした衛生管理が求められる。サラダの調理にしても食材の分量、配置、ドレッシングの量まで指定され、これを厳守しなければならない。

注文から7分経って料理が出ないと、ブザーが鳴る仕組みだ。弓田もメニューに沿って作り方を覚えるため、最初はマニュアル本を横に置いて調理しなければならなかった。

弓田が同情してため息をついた。

「俺もこの前、10連勤やったが、12連勤とは初耳だな。1日12時間以上働いて12連勤じゃあ身体がもたない。俺たち、このままじゃ過労死だ。俺もじつは辞めようと考えている」

「過労も過労。社宅に帰っても眠るだけ。この前は帰る途中、自転車に乗ったまま眠ってしまった。対向車のクラクションにギョッとして目が醒めたよ。あの時は本当に驚いた」

田中は会社が社宅として指定したマンションから通っている。だが、そのマンションは郊外にあり、歩いて帰るには40分はかかる。田中は自転車通勤だが、疲れ過ぎたせいでこの1カ月に夜道で二度も転倒している。

「店長に話して明日やっと休みをもらえる。〝もう疲れ果ててニッチもサッチもいかない。休みを取れなければ、病欠にさせてもらう〟と、さっき店長に話したら、〝仕様がない。明日休んでいたバイトが出てくるから、休んでいい〟とようやく許可が出た。けれど、無条件でいい、と言ったわけでない。こう注文を付けてきた。

〝もしバイトがまたズル休を取るようなら、お前のケータイに呼び出すから出て来てくれ〟と。それからこうも言ってきた。

〝休みを取るんなら、社長に出す感想レポートを書いてメールで送ってくれ〟。休む暇があるなら、家でレポートを書けって。レポート、レポートと言うが、勤務時間内に書けるわけない。休みに書くしかないが、これじゃあ休みにならない」

田中のぼやく、感想レポートというのは、月に一度、コタニグループ社長自らが執筆して社内報に掲載するコラムへの感想文のことである。

今月号のコラムのタイトルは「共に進もう。見えてきた地平」。この中で胡谷社長は

「外食産業の過激な競争に勝つには素材のおいしさ、料理の安さ、作業のスピードの三つが必要」と説いていた。

レポート提出期限から3日経っていたが、田中はまだ提出できていない。期限を過ぎても提出できない場合、規定で1日当たりの提出遅延で「マイナス評価1点」、3日遅れれば「マイナス3点」となる。このマイナス点は給与に反映される。

このことを知っていて田中が提出できないのは、単にレポートを書く余裕がないからだった。「勤務1日12時間以上・12連勤」では、「帰ればただ眠りたい。起きている時間はシャワーを浴びるか食べるか、大小便だけ」と田中はまたぼやいた。

弓田は田中の苦境を十分に理解できた。弓田自身、先のレポートを期限ギリギリで提出した。幸い、前日が休みだったのでレポートの1200字の標準字数をなんとか埋めることができた。(これを毎月、繰り返さなければならないとは……)と、ブルーになった気持ちを思い出した。

会社の自己研鑽要求は過激だった。

「任意参加」と称して半ば強制的に、従業員に対し横浜市の本社ビルで行われる研修会への参加を要求した。しかも任意研修だから、と研修中は勤務時間とみなさない。

研修は、新入社員研修、実務研修、管理者研修などの名でひっきりなしに実施される。休みの日に参加しても、「任意参加」として代休が取れない仕組みになっている。研修後は、レポート提出が義務づけられる。

田中のレポートが、ようやくメールで店長宛に送られてきた。店長の笠松は、パソコン画面でざっと目を通すと、キッチンにいた田中を呼び寄せた。

「何度同じことを言わせるんだ。こんな誤字脱字だらけのレポート、本社に提出できると思うのか。俺に恥をかかせるな！　こんな下手クソな文章を書くのに締め切りから4日も遅れた。どうしてきちんとやれないんだ？」

「すいません……」

「ちょっと自分の文章を声に出して読んでみて。そう、この部分」と言って、笠松がプリントアウトしたメールの中段を指差した。

「ハ、ハイ……」。田中がうろたえながら指示された個所に視線を止め、読み上げた。

「だからレポートの提出が遅れたのは、疲労が原因です。だから今後は二度と遅れないよう、疲労を溜めないよう心がけます。だからもっと規律正しい生活にするよう努力します。だから……」

田中が先を読み進めようとしたが、笠松が遮った。

「だから、だから、だから、と、なぜクドクドと『だから』を繰り返すのかね。おかしいと思うだろう？　お前の文は読むのに疲れる、読んでいて嫌になってくる。お前は自分の書いた文を読み返しているか？　やってれば、こんな下手クソな文にはならない。急いで書いて読み返しもしないで、送ってきた。そうだろう？」

「すいません……」。田中が小さな身体を縮めて頭を下げた。

「本当に反省しているんか？　前にも二度似たようなことをやって怒られたのを覚えているだろう。人間、誰にも間違いはある。だが、二度三度と繰り返すな！　分かったな？」

開店時間前だったので、客はまだ来ていない。笠松の怒声が次第に大きくなり、店内に響き渡った。自分の声を聞いて笠松は興奮していき、音量が段々と跳ね上がっていった。

離れた場所で下準備していた弓田やアルバイトの耳にも、やりとりの全てが聞き取れた。「いいか、こんな欠陥レポートは今時の中学生でも書かない。恥を知れ！　だがもう1回、チャンスを与える。書き直して明日までに再提出しろ」

笠松に睨まれ、田中の身はますます縮こまって見えた。

「すいません。気をつけます……」。田中は力なくそう言うと、自分のメール文を笠松の手から回収して頭を下げた。


翌日の早朝、田中は死体となって見つかった。場所は社宅近くの公園で、死亡推定時刻は午前4時～4時半頃。欅《けやき》にロープを掛け、首吊り自殺した、と警察は判定した。死体の足もとに小石で留められた1枚の遺書と見られるメモが見つかった。

そこには、こう書かれてあった。

体が動かない
心が動かない
父さん　母さん　みんな
ごめんね　ごめんね
生まれてきたのが
間違いだった
誰にも言えない
僕の悩み
悲しい
怖い
辛い
僕という機関車は
もう止まって動かない

警察の調べでは、田中は勤務明けの同日未明、いったん社宅に戻った後、ロープと遺書を手に現場に現れ、自殺を図ったらしい。早朝、通りかかった近所の初老の散歩者から

「自殺体らしいものが木からぶら下がっている」と警察に通報があった。

その日、弓田が午後3時前に出勤すると店長の笠松が必死の形相で電話応対している。傍らで副支店長の磯田が、あわただしく別のケータイで話し込んでいる。2人とも30歳代半ばで、社歴も浅くそれぞれ5年にも満たない。

警察が田中の身分証明書から勤務先を割り出し、朝9時過ぎにコタニグループ本社に田中の死亡事故について連絡。これを受け、本社総務部から店長のケータイに緊急連絡、仰天した店長は副店長に連絡、となり、午後には2人揃って店に入り、対策に取り組んでいた。

対策の中心は、店の営業の支障なき継続である。田中は早くも〝過去の人〟となって忘れられた。差し当たりは、キッチンのコンロ場担当の田中の代わりを誰かがやらなければならない。

「いま、本社から営業に穴を開けないよう対策を訊いてきた。田中に代わるやつをどう手当てする？　バイトの白井では心もとない」。笠松が心配そうな面持ちで磯田の意見を質《ただ》した。

磯田は「フロアの達人」と呼ばれるフロア専門家だ。洗練された物腰で接客にはソツがなく、客の好感度は高い。しかし、キッチンの経験はほとんどない。

磯田は咄嗟《とっさ》に、こう応えた。

「弓田ではどうでしょう。彼ならきっと何とかやってのけます。いまの持ち場も、最初はマニュアル本を横に置いて、見よう見まねでモノにしていきましたから」

磯田は内心、コンロ場だけはやりたくないし、実際自分には手に負えない、と確信していた。入社したての頃、係が休んだため一度、2日だけコンロ場を手伝わされたことがある。無我夢中でやったが、てんてこ舞いした記憶しかない。それから(自分の仕事はフロア)と割り切って、フロアに専念してきた。

「そうだな。ここは弓田に任せよう。次の新人が育つまで、という暫定条件で田中の代わりを務めてもらう。ピンチヒッターだ。バイトの白井にアシストをさせれば、どうにか回る」

笠松がいいアイデアを得たとばかりに、ニンマリと笑った。

「弓田は気難しい男ですが、責任感はあります。それがいい加減だった田中との違いです。彼ならひと度《たび》引き受ければ、きちんとやります」

副店長が胸を張って請け合った。

「が、もう一つ……そうすると、刺場は誰にやらせる。弓田が腕利きでも、二つはムリだ。君に手伝ってもらえるかな?」

店長の顔が曇った。副店長がすかさず応えた。

「大丈夫です。兼任させてバイトの白井とダブルで当たらせる。超忙しくなるプライムタイムには、この前入った新人女性の河辺に手伝ってもらいましょう。幸い、河辺は張り切っています。向上心の高い娘《こ》です。河辺にはわたしから、緊急時だからしばらく刺場を手伝ってもらう、と話しておきます」

副店長の淀みのない説明に、店長の笠松が安心したようにうなずいて言った。

「なるほど、なるほど。河辺というニューカードを使って凌ぐ。ベンチで待機する新人をフロントに引っこ抜いて使う。なでしこジャパンの佐々木監督のようだな、君は」

コタニグループでは、店舗ごとに店長が「ワークレコード」と呼ばれる勤務チェック表を作成し、社員と共有している。そこには出勤社員のその日の分担と勤務時間が記載され、「注意事項」という欄に、店長による社員1人ひとりへの指示やアドバイスが書かれてある。

このチェック表の「注意事項」欄に、店長は田中に対し死の3日前に次のように書いていた。

「仕事に集中。客を待たすな」

そして死の2日前――

「疲れた、辛い、とこぼさずに、じっと我慢」

この店長の注意のことを弓田は知っていた。田中が、弓田と休憩中に自分の勤務チェック表のこの部分を見せてくれたからだ。

弓田が田中の自死を知った時、あの休憩時に田中と交わした会話がありありと甦った。

——どうして店長は、あんな注意をしてきたのかな？

「〝客を待たすな〟の方だけど、あの日は超満員の入りで、客から店長に〝早く料理を持って来い〟とクレームが来た。店長は早くするようにせかしてきたが、他の調理に手間取り、少し待たせてしまった。すると、その客は〝まだ来ない。お前のところは焼きそばを作るのに30分もかかるのか。よほど手の込んだ焼きそばだな〟と酔っ払ってしつっこく絡んできた。結局、焼きそばの代金はもらわずになんとかその場を収めたけど、店長から閉店後にこっぴどく叱られた。こういういきさつがあったんよ」

——そうか。で、「口に出さずに、じっと我慢」の方はどういういきさつだったの？

「ああ、あれは僕が作業中、〝疲れた、辛い辛い〟とついこぼしていたのをたまたま通りがかった店長が聞いて注意したんです。〝疲れても口に出さずに胸にしまっておけ〟と、店長はたしかそう言いました。〝すいません〟と僕は頭を下げてその場はそれで済みました」

——それは理窟が通っている。仕事中に「疲れた、辛い」とブツブツ言えば、聞く方は「うるさい、黙って耐えろ」となる。僕が店長でもそう言うよ。

「ところが、問題はその後《あと》なんです。閉店後、店長は僕を呼び寄せてこう訊いてきた。〝そんなに仕事はきついか？〟と。〝ハア、きついです。残業が辛いです〟と僕が答えると、こんなのが我慢できんようなら、お前はどこにも勤まらん。どこへ行っても仕事をモノにできん〃と。

こう言われてガックリきました。それから追い討ちをかけてきました。〃お前、ここに来る前に職を転々としているな。今度辞めたらもうまともなとこには行けない。仕事にありつけても、そいつはロクな仕事じゃない。俺も20代の頃、いろんな職に就いたが、いまやっとこうやって店長に認められ、落ち着いている。

俺の立場からすると、お前のような『疲れた、辛い』とこぼすやつは使えない。今度ブツブツ不満を言ったらクビだ。いいな、分かったな。1年365日、崖っぷちに立たされたつもりでやれ〃」

田中は店長にここまで言われ、〃もう後はない〃と追い込まれた。(店長が自分をきつく叱ったが、叱る理由が分らないでもない。店長の言葉はグッサリと自分の胸を突き刺した)と田中は感じた。心に深い重傷を負ったような気分に襲われた。

「弓田さん、結局僕はダメな男なんです……」。語り終えると、田中は涙を浮かべ、鼻をすすった。

これが田中との最後の対話となった。

(悲しすぎる。あまりに悲しすぎる)と弓田はこの時の情景を振り返った。田中は、店長の言葉通りに自分の方が責任を負うべきという罪悪感に苛《さいな》まれ、いまや崖っぷちに立たされたと思って、そこから身を投げたのだ。

（俺にもっとやれる事はなかったのか。彼を救ってやれなかったのか……）

弓田は次第に自責の念に駆られた。（あの時に俺が最後に田中に言った言葉は、田中を勇気づけるところか、逆に心を挫《くじ》いてしまったのではないか？）

弓田は自分の言葉を思い起こしてみた。たしかにこう言ったのだ——。

「崖っぷちに立たされたつもりで、弱音を吐かずに頑張ってみよう。人間、頑張ればなんとかなる」

頑張ればなんとかなる——これは弓田の経験から得た実感であり、弓田の人生訓であった。

けれども、本来は異常な残業続きと休日の返上、研修レポートの強制による過労状態こそ問題にしなければならなかったのだ。店長は会社の言い分を代弁している。会社こそが田中を崖っぷちに追い込んだ真犯人ではないか。弓田はこう痛切に反省した。

このことを脇に置いて、田中に「頑張れ」と言ってしまった。

挫折続きの田中にとって「頑張ればなんとかなる」とは思えない。いままで自分なりに頑張ってきたつもりだ。しかし、思うようには行かなかった。これまで何度、親や教師や上司から「頑張れ」と言われ続けたことか。「頑張れ」と言われるたびに、俺は逆にプレッシャーを感じ、萎縮してしまう——これが田中の偽らざる心境だった。

「頑張れ」は、田中に対しては禁句だったのだ。

2. 虚偽情報

「なんで、この会社に入ったか？　決まってるでしょ。虚偽情報をつかまされたからです。騙されたからです」

弓田が社長の胡谷治彦に言い放った。「息子の過労自殺は労災ではないか」と詰め寄る田中の遺族に対し、胡谷が否定した挙句「なんで、この会社に入ったのか」と逆質問してきたのに答えたのだ。

この日、弓田は田中の両親の懇願を聞き入れ、代休を取って両親に付き添い、胡谷社長と遺族との直接交渉に同行した。会社を見限って前日、店長に退社届けを提出していた。沈黙を破って声を張り上げた弓田の虚偽情報発言に、胡谷はギクッと一瞬たじろいだ。が、視線をゆっくりと移して弓田の視線に絡めると、冷ややかに尋ねた。

「なんだって？　虚偽情報とは聞き捨てならない。会社の信用にかかわる。どういう理由で言ったのか、根拠を聞かせてもらおう」

胡谷の三白眼が、黒枠の眼鏡の奥から弓田を見据えている。弓田がおもむろに答えた。

「御社は堂々と人を騙す求人情報を出しています。田中君もこれにまんまと引っかかったのです。この求人情報が、巧みに作られた事実上の虚偽情報なのです」

胡谷は理解できないかのように、首をかしげ、口をポカンとあけた。隣の労務担当常務の島田も、理解に苦しむ、というふうに苦虫を噛み潰した顔になった。

弓田が朗々と続けた。

「学生たちの多くは求職に当たって、たとえば大卒初任給の水準を比べて見ます。御社のことしの初任給を求人票で見ると、24万2300円余となっています。一見、並外れて高い水準です。ちなみに、日本銀行は20万5400円余ですから、日銀に比べてもざっと3万7000円も高い。これだけ見ると、日本でもトップクラスの初任給です」

弓田が胡谷の反応を窺《うかが》った。神妙な態度で、聞き漏らすまいと耳を立てている。

「ところが、これにはカラクリがあります。残業代を組み入れて賃金月額を大きく膨らましている。固定残業代等で8万2300円余。これで賃金が水増しされています。基礎賃金だけを比較すると、当社は16万きっかり。日銀の20万5400円よりも一段と低くなります」

長身の胡谷の肩が揺らいだ。弓田がその反応を見ながら語気を強めた。

「むろんお分かりですね。御社の初任給が際立って高いのは、残業代をごっそり入れているからです。残業代込みだから——時には月160時間も超える猛烈な残業の一部を固定して給与に組み込み、この膨らんだ数字になっているわけです」

胡谷が何か言おうと右手を挙げかけたが、弓田は構わずに続けた。

「いいですか、こういう一種のまやかしの初任給。その高額に釣られて、田中君も僕も応募し、入社してしまった。僕自身、軽率だったと反省しています。しかし田中君は固定残業代を超える残業や休日出勤の上、壊れてしまい自殺に追い込まれた。

御社グループの新卒採用者数は、年によってバラつきが大きいですが、ここ数年は毎年300人から500人くらいに上っています。この新入社員の多くが、高い初任給に心を動かされたのは間違いないでしょう。だが、この初任給のカラクリには気づかなかった。気づいていれば、応募を見合わせたか採用内定後にキャンセルしたでしょうから。

騙しのテクニックで、会社は数多くの人材を全国から集めることができた。そして異常なこき使いシステムから、ついに過労自殺の犠牲者を出した、というわけです」

胡谷が今度は右手をスッと挙げて、

「誤解があるようだが……」

と切り出した。

「騙しのテクニックとか、まやかしの初任給と言ったが、全く違う。法律上、求人条件に何の問題もない。残業が当たり前の外食チェーンでは、多くが残業代込みの賃金月額にして募集している」

胡谷が〝どうだ〟と言わんばかりに胸を反《そ》った。

「多くの企業が同じようにしているからといって、いいわけはない。賃金を水増しして見せることで、求職者の多くは騙される。

わたしの場合は、高給に誘惑されたのです。何しろ正直言って、生活をやり繰りしなければならない。食っていくのにカツカツ——これが当時の状態でしたからね。手っ取り早く就職できるのは外食産業。ならば横並びに各社の求人条件を比べてみようと。やってみた結果、給料が頭抜けている御社を選んだ。これが唯一の動機です。コタニグループが盛んに宣伝している文句、「未来のコタニ、希望のコタニ」に惹かれて入社したわけではありません。

で、田中君の場合も同じでした。彼はこう言っていました。〝自分を使ってくれそうなところを探して給与を見ると、ここが一番良かった。だからここに来た〟と。

まあ、みんな似たようなものでしょう。会社は騙したつもりはなくても、入った新人はみんな残業に追われてアップアップし、〝騙された〟と思っているはず。

しかも勤務実態はもっと悪質です。固定残業代を超える分の超過残業には、残業代は払われないのだから」

弓田がピシャリと応酬し、胡谷の視線と火花を散らした。

「ちょっと事実誤認があるのでは……」。労務担当常務の島田が、割って入った。

「ご指摘の点、法律上問題があれば虚偽記載になります。求職者を騙したことになります。

しかし、これは法令違反でもなんでもない。ハローワークでも公認している合法的な求人条件です。ですから、われわれとしては問題ない、とみています」

弓田の視線が胡谷から島田に移った。

「問題ない、ですって？　問題は現に、こうなって、過労自殺の形で出ているじゃないですか！　国の法律や政令で問題ないからいいという話じゃない。騙された方が悪い、ということですか。人を騙せる悪法なら、まともな正義の法に変えなければならない」

弓田が語気を荒げた。島田が動じるふうもなく、

「法令違反でない、ということは重要なポイントだと考えます。道義的に問題だと、おっしゃるかもしれませんが。

残業代込みで初任給を提示している会社は、外食系で山ほどあります。この業界では時間外労働はつきものですからね。残業なしで事業はやっていけない。求職側にしても、月々の残業代を含めて一体どのくらい貰えるのか、となる。こういうわけで、残業代を入れた賃金月額になるわけで、業界でいうと、たとえば――」

と、島田は全国展開している別の居酒屋チェーンの名を挙げた。

「そこも、残業代込みです。といっても、当社より、ずっとずっと安い初任給ですがね」

島田が薄く笑って続けた。

「もう一つ、有名なところを例に出すと――」と得意げに焼肉チェーンの名を持ち出し、

暗記していた初任給の数字を挙げた。

「この通り、大手チェーンは全て残業代込みです。いわば業界の慣行です。こうした中、わたしどもの水準が高いことを誇りに思っています」

島田が傲然と言うと、胡谷がうなずいた。

「どうも論点が噛み合いませんね」。弓田が冷やかに言い放った。

「法令違反じゃない、というが、法令という建前では問題なしでも、実質は賃金は水増しされて、見る人は騙される。実質が問題です。

募集要項に惹かれて全国から若い人が応募し、採用され、配属される。が、1日8時間労働に加えて深夜や早朝まで時間外労働が組み込まれる。深夜早朝の時間帯を超えて残業をしたとしても、残業代は固定残業代なので、これが組み込まれた月の給与24万2300円以外には1円の残業代も支払われません」

弓田が言葉を切って胡谷と島田を交互に見た。2人は仏頂面で聞いている。

「ここにカラクリがある。賃金の水増し公表と固定残業代分を超えた残業代の不払い、という二つのカラクリが」

「ずいぶん調べたようだが、前提がそもそも間違っている」。胡谷が野太い声で反論した。

「日本は法治国家だよね。法令に反していない、法令に従って行っているなら合法行為だ。実質云々は、主観の考えだから、そういう考えもある、と聞いておく。いいかな、法律、政令、省令、これらに反している不法行為なら、われわれは甘んじて非難を受ける。合法的にやっている、コンプライアンスを守っているのだから、あなたからとやかく言われる筋合いはない」

胡谷が、法治国家のコンプライアンスに違反していない、との建前論を押し出して開き直った。

「わたくしどもが問題にしているのは、実態です。この際、コンプライアンスに違反しているかどうかは問うていない。問題は、賃金の水増しと月100時間を超すような残業、休日返上、任意としながら半ば強制する研修とひんぱんなレポート提出、超過残業代の不払い、といった過労自殺を招いた超異常な労務管理と人間破壊です。

ところでいま〝コンプライアンスはしっかり〟の発言でしたが、果たしてそう言い切れるのか。コンプライアンスに違反していない、と胸を張れるのか、大変疑問です」

弓田が論調の舵を切った。

「というのは、日本国憲法27条2項にある、勤労条件の基準明示に基づいて定められた労働基準法。これを厳密に守っているか、という問題です。いままでは『週40時間制、1日8時間労働制』が大原則です。

〝まじめに働いたものは報われる〟、こうならなければいけませんが、そうなっていない。うちの職場でも前の副店長は、サービス残業をやっても残業と申請せずに、長時間タダ働きをしていました。まじめな人柄で、会社に残業申請して迷惑をかけたくない、などと考えていたのでしょう。

会社が刑罰を受けずに労働者に法定時間外労働、法定休日労働をさせることができるのは、限られた場合のみです。たとえば会社と労働者代表が書面により法定時間外労働、法定休日労働について協定を結んだ――この協定は労働基準法36条に定められているため三《さぶ》六《ろく》協定と呼ばれますが――このような場合です。

しかし、三六協定で定められる時間外労働にも制限があります。原則として厚生労働省が定めた『時間外労働に関する基準』に、限度時間が定められています。それによると、1週間で15時間が限度、2週間で27時間、1カ月では45時間、2カ月で81時間、1年で360時間が時間外労働の限度時間です。

けれど、この基準には強制力がないため、守られていないのが現状です。田中君の場合は、月160時間を超えた月もあった。会社はこの基準を無茶苦茶に踏みにじっていたことになります」

弓田がメモを見ながらたっぷりと法律面の解説をした。しかめっ面をしていた島田が声を上げた。

「わたしは法令順守の責任者で、コンプライアンス担当です。わたしの立場から言わせてもらうと、当社の三六協定で残業時間の最長は月120時間。ただし緊急や臨時の必要が生じた場合は、延長できるとあります。田中君の場合は、この緊急・臨時の必要から月160時間になったと聞いています。ですから、適法の時間外労働と言えます」

島田が涼しい顔で釈明した。弓田がすぐさま反駁《ばく》した。

「ここでも実態を見ることが重要です。その緊急とか臨時に必要とされた残業も、店長がその都度、都合で判断している恣意的なものです。〝いま超忙しいからもう少し手伝ってほしい〟などと言って、残業時間を引き伸ばした類《たぐい》でしょう。しかし、店長もかわいそうなところがある。会社が残業代を支払わなくて済む管理監督者にしているからです。いわば〝名ばかり管理職〟で実態はヒラ社員です。

飲食業界では、店長を管理職扱いにして残業の支払いをしないとするのは一般的で、御社も同様でした。ところが、マックの店長が勇敢にも残業代の支払いを求めて訴訟を起こした。東京地裁が2008年1月に店長の訴えを認め、日本マクドナルドに残業代の支払いを命じた判決を出す。

この判決で、店長を管理監督者にして残業代支払いを免れてきた業界にショックが走る。判決を受けて厚労省がチェーン展開する小売り・飲食業界向けに管理監督者の判断基準通達を出し、業界は〝名ばかり管理職制度〟を見直さなければならなくなった。

このような経過から、御社も見直しを余儀なくされましたが、それまでの間、店長は残業代なしの立場に、残業代を貰《もら》えなくても文句を言えない、丸腰の、無防備な立場に置かれていたわけです」

弓田が静かに諭すように語った。この時、弓田の瞼《まぶた》に現店長と前店長の面影が重なるようにちらついた。一瞬、〈憎く思うこともあったが、彼らも同情すべき犠牲者でもあったのだ〉と、2人の立場がいまや理解できたように思えた。

「このように法律の建前より雇用の実態、四六時中社員を働かす労務管理と、自由時間が全く奪われる社員の生活の実態を重く見なければいけません」。弓田が淡々と続けた。

「現実を、実態を、重く見る——これこそが問題解決の要諦でしょう。すでにこういう情報がネットに書き込まれています。〝コタニはブラック企業だ。ついに過労自死まで出した労働地獄〟〝残業、残業、また残業、賃金泥棒のブラック企業コタニ。とうとう過労で自殺者〟〝看板に偽りありのブラック詐欺企業コタニ〟

コタニは、ブラック企業に指名されてしまったのです。これが、労働の実態を無視した経営のツケです。もしも会社が自ら作った過酷な労働実態を早めに改善していたなら、ブラック企業の烙印を押されることはなかったでしょう」

胡谷が眉間に皺《しわ》を寄せた。この年——田中が自死を遂げた2008年は胡谷らチェーン展開する外食業界のトップにとって受難の年となった。前述した通り「名ばかり管理職」を巡る訴訟で、マック敗訴の判決を受けた厚労省が同年9月、管理監督者の判断基準を通達で具体的に示したことで、コタニグループも対応を余儀なくされた。

いや、困ったのは外食チェーンばかりでない。その影響は小売り・飲食チェーン業界の全てに波及した。中国を柱にチェーン店を世界展開し右肩上がりを続けた衣料品小売りチェーンやコーヒーショップチェーンも、店長を「名ばかり管理職」にして残業代なき残業に駆り立てていたからだ。

この儲けの構図が、法律上否定されたのである。

胡谷はこれを「従来の成功ビジネスモデル」の危機と受け止めた。内心では「このビジネスモデルはもはや使えなくなる」と確信を深めていた矢先、田中の過労自殺事件が起こったのである。

胡谷の耳に弓田の声が響いた。

「会社に求めたいのは、反省と方向転換です。まず田中君の過労自死の責任を潔く認め、その苛酷に過ぎる、グループの体質と化した労務管理を180度転換すること、これに尽きます」

胡谷と島田が、圧倒されたように目を見開いた。弓田が勝ち誇ったように続けた。

「いま、現行の労務管理をグループの体質と言いましたが、それは適正水準を遥かに超えた、過度に残業や無理な労働を強いる労務管理体制にグループ全体が凝り固まってしまった、という意味です。居酒屋チェーン店ばかりではありません。

この前、ある介護関係者から聞いた話ですが、コタニグループの連結会社の介護付き老人ホームで、現実にこういう事件が起こったそうです。残業続きで疲れきった看護師が、入所者の老人の口に食べ物をさじで突っ込んだまま眠ってしまった。

これが、苛酷に過ぎる労務管理体制がグループの経営体質になってしまった何よりの証明です」

旗色の悪くなった胡谷は、しばらく押し黙ったあと「ご指摘の点、再検討してご返答します」と言って交渉を打ち切った。弓田は退職後しばらくして、田中の遺族から、労災を申請した労働基準監督署からついに「労災認定」されたとの連絡を受ける。弓田の証言が、これを引き出した、と田中の両親は見た。

3. ヘイトスピーチ

弓田は前日に退社届けを出していたが、会社は「人繰りがつかない」と届けを保留にし、数日が経った。

出勤したある日の午後、先に来ているはずのパートの谷津剛の姿が見えない。(また、ズル休か?)弓田に戦慄が走った。

探していると、店の奥の「プライベート・ルーム」から眠そうな顔をして現れた。

「なんだ、いたのか。団体さんが入って来た。すぐに取りかかってくれ」

弓田がそう言ってふと見ると、谷津がビラのようなものを手にしている。

「それ、何？」。弓田が取り上げて見て、ビラに吸い寄せられた。

「なんだ、こりゃあ？」。弓田がビラをかざした。

大文字で「〇〇帰れ！」とある。「〇〇の犬」とか「非国民」の見出しも目に入る。

「なぜこんなのを持ち出したんだ？」。弓田が語気荒く問い詰めた。

「自分が作ったんです。きょう来られるお客さんに差し上げるんです」。谷津が悪びれたふうもなく言った。

「こんなもん、店に持ってくるな！」。弓田が一喝して、言った。「さあ、仕事だ、仕事。終わったら、一杯やろう。俺がおごる。話を聞きたい」

その日の深夜、2人は駅前の牛どん店で落ち合った。

弓田が、谷津の目を真っ直ぐに見て切り出した。

「どういうことだ？ ヘイトスピーチになぜ加担してんだ」

「自分の信念です。あいつら懲りないからです」。谷津の目が据わった。

弓田が谷津を睨んだ。

「お前、ヘイトスピーチをいいと思ってんのか？ あんな団体とどういう関係なんだ？さっき客にビラを渡そうとしていたが、それってどんな客なんだ？」

弓田の剣幕に押されて、谷津がどもりながら弁明した。

「だ、だんたいは、自分たちの味方です。自分たちを守ってくれる。ハイ、日本を守ってくれます。僕も入っています。ビラを渡そうとしていたお客さんは、僕の活動を知って励ましてくれた人です。日本がなめられないように頑張ってくれ、って言ってくれました」

弓田は、谷津が「今年、僕も成人式を迎えました。緊張しました」と言ったことを思い出した。

（そうか、成人して政治意識に目覚めた。途端にヘイトスピーチに嵌《はま》った、というわけか？）

弓田が咄嗟に文脈を見出した。

「そのお客さんは僕より少し年上の、兄貴のような人です。勤めていた大手の電機会社でリストラされ、いまは気に入った仕事が見つからないと悩んでいました。こうなったのも、〝日本が弱くなったせい〟と僕たちの意見は一致しました。それで僕のやってる運動を紹介し、ビラを持ってくると約束したんです」

弓田に谷津の行動の筋書きが読めてきた。その客と同様、現状に不満を抱き、ヤケになっているに違いなかった。

弓田が優しげに言った。

「なあ、君は自分ではそうと気づかずに、犯罪に加担してるんだ。マイクを使って大声で一方的に相手の心を傷つける。その相手というのが、なんの罪もない普通の住民や児童だ。市民として平和に暮らしてきた人間だ。その罪のない人びとに、言葉のナイフを振り回して切りつける。そのヘイトクライムに、君は進んで加わっているんだよ」

　谷津が声を張り上げた。

「犯罪？　とんでもない。当然のことをしてるまでですよ。やられたからやり返す。相手はテロ国家だから、その出身者は危ないから帰ってもらいたい。日本をこれ以上掻《か》き乱さないでもらいたい。そう当たり前のことを言ってるだけですよ。われわれにも平和に生きる権利がありますから」

　谷津の目が据わり、唇がブルブル震えた。いつの間にか、テーブルから箸を取り上げ、尖った先を弓田の胸に向けた。

「いいですか、先輩。相手がこういうふうに刃を向けたら、先輩はどう感じます？　〝やめろ、出て行け〟と言うでしょ。僕たちも同じことを感じ、そう言ってるんです。〝われわれを傷つけるのはやめろ、この国から出て行け〟、と」

　興奮のせいで、谷津の言葉が大きく、早口になった。弓田は身の危険を感じて努めて冷静に言った。

「たしかに隣人国との関係は緊張してきた。政治の力学では、相手に譲歩すれば丸く収まる、というわけにはいかない。右の頬を打たれれば左の頬を出す、では逆に甘く見られて図に乗ってくる可能性が高い。

われわれにとって最上の道は――」

弓田が声を落とした。

「国の関係が政治の場でどうあろうと、人同士は同じ隣人としていつもと同じように付き合っていくことだ。付き合っていく、ということは傷つけ合うのではなく助け合う、ということなのだよ」

「そんなきれいごとでは、行きませんよ。憎しみをぶつけてくるのは相手ですから、こちらも放っておけばやられちまう。右の頬をパンチされりゃあ、仕返しを喰らわせるまでです。これしかない。これが最上の道です」

谷津の目がギラギラと光った。（俺の言っていることの方が絶対に正しい）とばかりに自信に満ちている。

「いまから思うと――」。谷津がニヤリと笑った。

「効果てきめん、面白い場面があったな。学校襲撃はとくに面白い、ゾクゾクする。子どもら、びっくりして逃げまどうもんな。中には怖じ気づいて、動けずにその場にしゃがみ込むのもいる」

「京都でそんなことをしでかしたな？」

「ああ、やった。すっきりした。裁判じゃ負けたけどね。学校を移転に追いやった」

弓田が指摘したのは、「在特会」会員らが京都市にある朝鮮初級学校を襲撃した事件である。同校は敷地が狭いため、自治会と京都市との3者合意の下、隣接する市立公園を運動場代わりに使っていた。

これを「在特会」が「不法占拠」だと攻撃したのだ。主犯格ら4人が威力業務妨害などで執行猶予付きで有罪判決。民事裁判でも在特会が敗訴した。

「どの国の子でも同じ子だ。未来に夢や希望を持って生きようとしている。それをなんだ？　国籍とか人種の違いとかで差別し排除し攻撃する。デマを煽り『非国民』扱いしてどなり立てる。拡声器を使ってね。子どもたちの受ける心の傷は、大きい。それがヘイトクライムだ。憎しみをまき散らし憎しみを呼び起こす卑劣なクライムなんだよ」

谷津の瞳の奥に憎悪の炎が灯った。三白眼で弓田を睨むと、拡声器に向かうように怒号した。

「やってられん！　本気か、なら、あんたら、愛国心をどう思うん？」

谷津の声が震えた。飲み干した一杯の焼酎が利いたらしい。目が血走り、頬が赤く染まっている。

「愛国心なら、ふつうにある」

弓田が平然と見返した。

「信じられん。なら、どうして分からんのか？」

どうやら自分たちが理解されないのは、承服できないようだ。谷津にとって、「愛国心」は仲間の印らしい。

「郷土愛、祖国への愛。それは人の自然な感情だ。どの国の国民も、ふつうは持っている。持っているのが当たり前、と言える」

「？……」

「だが、官製の愛国心はごめんだ」

「官製の愛国心？」

「そうだよ。分かりやすく言えば中国で政府が盛んにやっているような愛国教育。そういうので植えつける愛国心のことだよ」

「中国？とんでもない国だ。やつら盛んに反日を煽っている。戦争を仕向けてる」

「中国製愛国教育は、けしからん？その通りだ。ところで中国の官製愛国教育で刺激され、煽られた民衆のはけ口はどこに向かう？これが重要なポイントだよ」

「……」

「究極の行き先は、戦争だ」。弓田がきっぱり言った。

「ところで、反日グループと反韓・反中グループ。この二つはじつはよく似た兄弟同士だ。同じDNAを持ち、感じ方、考え方も瓜二つだからね。血を分けた兄弟が、国境を隔てて罵り合っている構図だ。憎み合いの果ては何が起こる？」

弓田が谷津の反応を窺った。睨んだまま黙りこくっている。やがて弓田の右手に握っていた箸の先が、小刻みに震えだした。うめくように谷津が言った。

「いま、言ったこと、全部取り消せ。俺たち、愛国者と、やつら反日野郎を一緒にするなんて許せない」

谷津がキレたようだった。

「俺たちのシンパは増え続けてる。街宣やると、歓声が上がる、若者がついて来る、オバサン、オジサンが手を振る、俺たちの行動に皆、感動よ。学生もサラリーマンもいる、主婦もいる。ほら、ここにもこうある」

そういって、谷津がジャンパーのポケットから1枚のチラシを取り出した。集会で配ったり、人目につくところに張り出す宣伝ビラだ。

大見出しに、〇〇人は出て行け、と特定の国の名を挙げ、「首を吊れ、自殺しろ」と迫っている。その脇に「殺せ、殺せ。ゴキブリ、ウジ虫殺せ」とあり、「帰らないと大虐殺を実行しますよ」の文字が並ぶ。

谷津が指を差した個所は読者の声欄で、こう書かれてある。

「ストレートに相手の嫌がる抗議をする。その勇気が偉いです。既存の保守にはやれないことをしていることに真に感動しました」

「参加してみて、思いっきり攻撃的になれました。スッキリしました」

その下には――

「目が開かれた思いです。何が問題かが分かりました。もっと過激にやれば、もっと分かりやすくなるのではないでしょうか」「デモに参加して、なんとも言えない納得感、突撃している解放感を感じた」「秒でやつらを怖がらせた。爆発効果が出た。気持ちいい」

弓田は読んでいて、ふと（敵をつくる言葉に彼らが共感するのは、現状に相当モヤモヤとした不平、不満を抱いているからに違いない。彼らは時代の閉塞状況の産物なのだ）と思った。

視線をさらに移していくと、ある個所に釘づけとなった。

そこには、団体幹部の言葉としてこうあった。

「動画にしたら凄い反響です。視聴回数21万人突破！　凄い数ですよ、ほんとに」

弓田が「動画、こんなに大勢が見たのか？」と訊くと、谷津が得意そうに応えた。

「動画はほんとに凄い。これを見て会員になるのが多い。ほんとのことをズバリ突いてるのが分かるからね。激しく言えば分かりやすい。

この動画作った人、尊敬できる。職を転々としながら、苦労してネット情報から勉強して敵をついに見つけたって。こういう俺たちの活動、もっと支持されていい、もっと理解されていい」

谷津の目が空ろになった。

「活動の一端は分かった。問題は活動の暴力的な内容だ。京都にある朝鮮学校への街宣では、児童の授業中に、拡声器を使って1時間近くも〝お前たちはスパイの子どもだ〟とか〝お前の国に帰れ、出て行け〟と大声で罵ったたな。授業を妨害し、子どもたちを傷つけた。表現の自由を超えたクライムだ」

弓田の顔から血の気が引いた。谷津がヨロヨロと立ち上がってテーブル越しに、握っている箸の先端を弓田の左胸に突き立てた。

「二度とクライムと言うな。ここは俺たちの国だ。非国民はいらない。お前も好きな国に出て行って帰って来るな！」

谷津はふだんの表情から一変して憎悪の形相になった。

弓田は殺気を感じた。

「ちょっと、お客さん、危ないからやめてください！」。店長が2人の間に割って入り、谷津を制した。

谷津が、われに返って箸を引っ込めた。

「店で騒ぎは起こさないでください。ほかのお客さんにもご迷惑がかかるし」。店にはほかに、2人の男の客が食事の最中だったが、2人とも箸を手に呆然と店長の方を振り向いた。一瞬、緊張の氷が張りついた。

「お騒がせして申し訳ありません」

弓田が深々と頭を下げた。

「おれ、もうやってられねぇ」。谷津はそう捨て台詞《ぜりふ》を吐くと、ジャンパーのポケットにチラシを突っ込み、そそくさと立ち去った。

翌日、弓田は谷津が昨日をもって退社したことを知った。その日の朝、店長に「すぐに辞めたい」と電話してきたのだった。

店長によると、谷津は「自分の考えを否定する人がいる。一緒にやってられない。そいつを辞めさせるか。でなければ、自分が辞める」と迫ったという。

店長は「きのう、何かあったのか」と心配顔で弓田に訊いてきた。

「別段ない。ふつうに会話しただけ。向こうは興奮したようだ」

弓田はそう答え、何食わぬ顔でいつものルーティンワークに取りかかった。

Ⅱ　自動車工場

1. 商品蒸発

「君たちに期待しているのは、与えられた仕事を軽く扱って、〝この辺でいいだろう〟などと、手抜きしないこと。指示通り、きちんとやってくれることだ」

Zモーター生産管理課出荷係長の平田純一が、細い眼をさらに細めて立ち並ぶ弓田らアルバイト作業員に言い渡した。平田が彼ら6人を急きょ集め、訓示したのには、理由があった。昨日の夕刻の出荷時に、積んでいくはずのエンジン・アッセンブリ（組立品）が2個足りないことが分かったからだ。〝商品蒸発〟の可能性もあった。

弓田を含め出荷関係者全員で残業して工場中、積み残した2個を探し回った。以前にも、エンジン・アッセンブリが帳簿上と実数が1個食い違っていたことがあった。現場周辺を当たってみると、工場隅の暗がりに青いビニールシートに覆われた姿で見つかった。若い在庫管理担当が在庫数が1個多いことを知って、隠しておこうと、台車に乗せて倉庫から移しておいたのだ。

平田はこの事件が発覚後、監督責任を問われ譴責処分を受けている。

再び処分を受けてはたまらない。おそらく今回の余剰分の2個は、エンジンの最終点検に時間がかかり、出荷現場に届けられるのが遅れたためではないか、と平田は当初はそう推測した。

しかし、平田が昨夕書いた日誌には2個の所在不明に関し何も記さなかった。そこから5キロほど離れたところにある、エンジンを車体に組み込む組立工場には「2個は不具合が生じたため、翌朝一番で発送する」と口頭で伝え、書面での正式な報告はしていない。へたに作業日誌に書いて発覚し、後に部長から叱責されるのを恐れたためだ。

(次に考えられるのは……)と平田は昨晩、考え続けた。(置き違いだが、何者かがわざと俺を困らせようと、他機種のエンジンに混ぜた可能性もないとは言えない)とも思った。(そうだとすれば、俺に反感を持つやつの仕業か)と連想した。(ならば、あのインテリかな?)

平田の顔に弓田の顔が真っ先に浮かんだ。2人きりでじっくり話したことはない。仕事上、簡単なやりとりを何回かしただけだ。だが、平田は疑いを拭えなかった。(なぜって、あいつは喜んで単純作業するやつではないからだ。そう、そう、こういうこともあった……)。平田の心の風景に、弓田が業務課出荷係に配属されてきた日が浮かび上がった。

あの日――。朝から雪が降りしきっていたので、忘れようもない。弓田は他の新人3人と共に総務部から回されてきた。俺がその日の仕事の手順について説明し、何か質問があるか、と尋ねると弓田は手を挙げてこう訊いた。

「現場で調整不良だったりしたエンジンを、クレーンを使わずに手で持ち運ぶようなことはないのですか」と。

これには驚いた。俺は少し考えて答えた。

「たまにはある。クレーンがほかに使われていて出荷を急ぐような場合だ。2人で台車に持ち運んで移し替えたりする。いつもいつもではない」

「そういう場合、60キロくらいはあるエンジンですから負担も相当ですね」と、こうきた。たしかにエンジンの上げ下ろしを繰り返して腰を痛める者もいた。それも1人や2人ではない。野球部のピッチャーをやって肩を痛めて配属されてきた大男のあの野郎も、しまいにはギックリ腰をやり、辞めざるを得なくなったっけ。

結局、作業は危険すぎるということで、会社は正社員の業務から外し、最初は下請け会社に委託させた。しかし、増産時にはそれでも回らなくなり、現行のようにアルバイトや非正規工に任せるようになったのだ。

平田の目には、この弓田の第一印象が面白くなかった。従順に黙々と与えられた仕事をこなしていく。そういう平田の、あって欲しいアルバイト像から一見して程遠かった。(きっと反抗的な輩《やから》だ)と、すぐさま弓田を危険分子の類にひと括りした。出荷係ベテランの平田にとって、人の分類をしておくことが失敗のリスクを避ける上で何より重要だったのだ。

自動車製造工場の現場では、ミス一つで人身事故発生の危険が生じる。出荷係は完全合格品を出荷する〝最後の関門〟だから、一つのミスなく製品を送り出す義務がある。ミスを出さないためには、厳重な規律順守が求められる。

20年近い平田の現場経験からすると、一番起こりやすい事故は、エンジンの最終調整が手間取り、決められた出荷時刻までに決められた出荷数量が確保できないことだった。出荷したくても数が足りない、となる。

次にありうる事故が、送り出すべきエンジン機種に他機種のが混ざったり、あるべきはずが〝行方不明〟になり、結果的に欠品してしまうことだ。

この二番目が厄介なアクシデントとなりうる。平田はこの事故の幾つかが故意の規律違反行為によると見る。今回も何者かがアブセンティズム（無断欠勤）と同様に、会社に損害を与えるのを承知で、エンジンをわざとどこかに隠して出荷妨害している疑いがある
――と平田は睨んだ。

これをしでかすのが、決まって退職間近の工員とか臨時雇い工だ――平田は経験上こう判断して日頃からリスク防止に取り組んでいる。アルバイトや短期契約労働者が入ってきた時に、頭の中でリスク度を分類し、「危険分子」を選別するのも、その取り組みの一環だ。

これが、いまや平田の習性になっている。

（そう、俺に危険分子の烙印を押されたやつは早く辞めてもらうに限る。リスクを減らすためにな）。ある晩、一杯のみ屋で焼酎をやりながら平田は独りごちて笑みを浮かべた。

（早く辞めてもらうには、つらい思いをさせるに限る）

平田には他人には見せない自己製の「リスク・チェック表」なるものがある。これをいつも定期的に取り出し見直している。

チェック表はこういう内容だ。

横軸にふつう4～6人のアルバイトの氏名が書かれてある。縦軸には「リスク度」とあり、5項目が縦に並べられている。最上段に掲げられている項目名が「R1」だ。これは最大のリスクを意味する。「危険分子ナンバーワン」というわけである。どうして危険か、は最下段にある「特性ほか」で見ることができる。

上から二番目の項目に「R2」、さらに「R3」と続き、四番目に「N」とある。NとはNormal（正常）の略だ。Nだと、「危険性はいまのところ認められない」となる。

だが、アルバイトのほとんどは通常「R」のどこかにランクされている。弓田の名は出勤当日から早速「R1」に記入された。そして「特性ほか」には「反抗的。高学歴、頭脳優秀につき特に要注意」と付記された。

「R1」に格付けされた者には、一つの際立った特性があった。それは、平田自らがいみじくも評したように「モノ言う男」である。平田にとっては「うるさい男」に相当し、親しめない。彼らの言動は、事あるごとに「反抗的」と映る。

一方、過去に「R1」にランクされた側は、当然、心穏やかに働けない。「反抗的」と上司からみなされ、警戒され疎まれれば、誰しも用心深くなり萎縮してしまい、落ち着いて仕事に取りかかれない。

ここに、多くの職場で新入社員や中途入社組を悩ますパワハラの構図がある。「パワハラ」の正式名称であるパワーハラスメントとは、パワーを持った上司によるいじめ、嫌がらせだ。成績評定や仕事の割り振り、配転などの人事権限を一定程度握る上司が終始、無理難題を押しつけたり、嫌味を言い続けるようなケースだ。

このパワハラを受け続けて心身共にまいってしまう若者は後を絶たない。なぜなら、職場環境の多くは外部からは入れない「閉ざされた村社会」だからである。

部下は上司からやりたい放題にされても放置されやすい環境なのだ。周りはパワハラに気づいたとしても「関わりたくない」と、見て見ぬふりをしたり、背を向けてしまう。

被害者は連日、執拗ないじめを受け、ストレスに晒《さら》されるが、誰にも相談できずに独り悶々と苦しむ――。こういうパワハラ風景が、平田が統括する出荷係にも伝統的に続いていたのである。

それは平田がアルバイトの上に君臨するたった1人の上司であったせいでもある。つまり、上から管理・監督を任された一種の絶対君主であったせいだ。

これがいい君主なら、弓田たちアルバイトにとってありがたい恩恵に違いなかった。太陽のような存在にも十分なり得た。

が、悪いことに、平田には公正な態度がまるで欠けていた。好き嫌いが激しく、物事を万事好き嫌いで判断する〝感情人間〟である。「嫌い」となると、「全部ダメ」と相手方の人格の全否定に走る。

こういう閉鎖体系の中で、ひと度上司に睨まれればたまったものでない。弓田は職を転々としたお陰で、人間関係のストレス耐性は相当に強くなっているが、それでも多少は堪《こた》えた。出勤のたびに1日8時間かそれを超えた残業時間を平田と共にしているからである。

ここに職場環境の、人の人生を左右しかねない決定的な重要性がある。1人の職業人にとって、感情に走って理不尽なことをごり押しする上司やこれを見逃す組織はこの上なく「害悪」なのだ。しかし組織内いじめは、しばしば隠蔽され、組織的な不法行為ともなる。

このことを象徴的に示したのが、海上自衛隊のミサイル搭載護衛艦「たちかぜ」の自衛官自殺事件である。この犯行は白昼堂々と国の組織内で起こった。その経緯を見ると、組織内いじめの恐ろしさが理解できる。

それは、2004年10月に「たちかぜ」の一等海士（当時21歳）が上職の二等海曹によるいじめを苦に鉄道自殺し、その調査結果を海上自衛隊が隠蔽した事件である。

自殺した一等海士が残した遺書には、家族への感謝の言葉と共に、二曹を名指ししていじめの内容が書かれてあった。

海自は事件後「たちかぜ」の全乗員に対し暴行や恐喝の有無を訪ねるアンケートを実施している。翌05年、遺族がこのアンケートの公開を要求したが、海自側は「アンケートを破棄した」と回答した。

ところが実際は破棄されていなかった。アンケートはそっくり保管されていたのである。遺族の両親は06年4月、「自殺したのは先輩隊員のいじめが原因。上官の艦長、分隊長らも黙認していた」と、国と二曹を相手取り計1億3千万円余に上る損害賠償訴訟を起こす。

一方、当の二曹は、別の自衛官らに対する暴行罪・恐喝罪で05年1月に有罪判決を受け、懲戒免職されていた。この時の裁判で、二曹はエアガンなどを艦内に持ち込み暴行を繰り返していたが、上司はこれを黙認していたことが発覚。判決は「艦内の暴行は日常的」と認定していた。

海自は上官がいじめを黙認して一等海士を自殺に追い込んだことを否認し、あくまで二曹の〝単独犯行〟だと主張していた。組織防衛のため、トカゲのシッポ切りをして責任を逃れようとしたのである。

自殺自衛官の両親の訴えに対し横浜地裁は2011年4月、訴えの一部を認め、国と元二曹に計440万円の支払いを命じた。しかし「元二曹や分隊長らが自殺するまで予見できたとは認められない」とし、暴行・恐喝による範囲の損害賠償しか命じなかった。

遺族側はこの地裁判決を不服として東京高裁に控訴。「上官らが元二曹が繰り返した暴行・恐喝を放置して自殺に追いやった。適切な指導が行われていれば、自殺は回避できた」と訴えた。

控訴審は2014年4月、遺族の主張を全面的に認める。国と元二曹に対する損害賠償額も、一審判決の17倍近い7350万円に大幅に増額した。判決は同時に、国（海上自衛隊）による行政文書（「艦内生活実態アンケート」など）の隠蔽と、その違法性も認定して波紋を投げた。小野寺五典・防衛相は上告せず、決着した。

隠されていたアンケートを内部告発して明るみに出したのが、一審で国の指定代理人を務めた三等海佐だ。この三佐が2012年4月、東京高裁に「アンケートを持っている」との意見陳述書を提出し、局面がフル回転し始める。海自は同年6月にアンケートの存在をとうとう認めた。

この内部告発の威力は、圧倒的だった。防衛省海上幕僚監部は高裁判決から5カ月後の2014年9月、アンケートの原本を破棄するよう指示した男性事務官ら4人を停職や減給の懲戒処分、上司ら30人を口頭注意などの処分にしたと発表した。

「たちかぜ」のパワハラ事件は、海自の組織ぐるみの情報隠蔽に発展した。ある防衛事務官が高裁への陳述書でこう驚くべき証言をしている――

「アンケート原本について海幕法務室に意見を求めたら『破棄するのが適当だろう』と回答され、同室の訴訟専門官から『隠密裏に（破棄を）実施してください』との業務メールが届いた」

海自が隠蔽したのは、アンケートだけでない。判決は、「たちかぜ」艦長が遺族側から開示請求されたのに、保管していた乗員からの事情聴取メモも出さずに隠した、と認定した。組織に不利に働くとみなしたモノは、何もかも隠そうとしたのである。

ここで重要なことは、パワハラによる職場のいじめはそもそも表面化しにくいことだ。周りは知っていても、多くの場合、関わりたくないから知らん顔をする。そして責任追及が組織に及ぶようだと、上層部はシラを切る。被害者が組織の異端者とみなされれば、なおのこと組織から相手にされない。組織の防衛本能が働くと、不正行為は暴かれにくく、外に表れにくくなる。

組織労働の軍隊型環境では、思い上がった上司による部下への仕打ちが絶えない。この仕打ちが、組織の異端者に向かいやすいことも容易に想像がつく。

平田が頭に来た〝行方不明エンジン〟も、この文脈上にあった。平田は、おそらく不満を持つ何者かがどこかに隠したに違いないと考え、（これは一種の逆パワハラだ）と、逆恨みし、疑いの目を〝異端者〟に向けたのである。

平田の目には「R1」にランク付けされている弓田が最も疑わしい。だが、疑っているだけでは埒《らち》が明かない、真犯人であることを突き止めなければならない――平田は考えた末に、この結論に達した。ならば、どうやって突き止めるか、となる。

平田は一計を案じた。それからニンマリと笑った。（フフフ、なかなかよくできている。人間、たしかに悩んで考えるといい案が浮かぶ……）

平田が座右の言葉とするのが「悩力」だ。「どうしようか」と悩んで悩んだ挙句に解決のアイデアを得る、という、悩むことがもたらす偉大な力である。

これは、平田が作りだした言葉ではない。平田が敬意を払うトヨタ自動車の、この道に通じた元副社長がかつて唱えた力の一つだ。

彼はトヨタの職場でこう説いて回った。「大事なのは能力、脳力、悩力だよ」

なかでも強調したのが、「悩む大切さ」である。悩みが大きいのは精神的負担ではあるが、この悩みを通じて人間は解決案を発見したりアイデアを得て成長する、というのが彼の持論だった。

平田は偏屈なきまじめ男と見られているが、クラシック音楽の趣味があり、これに通じている。ベートーベンの交響曲第5番がとくにお気に入りだ。あの『運命』の始まりを聞くと、いつもゾクゾクと興奮を覚える。

『運命』がきっかけで、平田はベートーベンに関する本を市の図書館から何冊も借りて読んでみた。その中に「苦悩を通じての喜び（Freude durch den Leiden）」という言葉が見つかった。ベートーベンが信条としたフレーズのようだった。

（なるほど、楽聖ベートーベンは俺と同じだな。ひどい悩みを抱えていたんだ。他人《ひと》には言えない悩みを）。平田は自らをベートーベンと同類の「悩める男」とみなし、彼にますます親近感を深めた。（そうなんだ、ベートーベンも悩み苦しんでいたんだ……）

ベートーベンには耳鳴りの持病があった。この持病がどれだけ彼を悩ませたかは、察して余りある。彼は天性の音楽家であり、評判の作曲ばかりか、指揮者として聴衆の面前に立つこともあった。

聴力が十分であることが、音楽活動の絶対条件と言える。耳の持病は誰にも知られてはならない。ベートーベンは持病の秘密を長い間必死に隠していた。しかし時が経つと共に、耳鳴りは一層ひどくなり聴力は衰えていった。

逸話によると、ある日の夕、自らが指揮した演奏会でこの秘密が暴かれてしまう。楽団員の演奏スピードと指揮するテンポの間にズレが生じてしまったのだ。

ベートーベン自らが作曲した交響曲の最終部。厳かに締め括るため、彼はタクトを大きく振り上げてゆったり降ろそうとした。

だが、演奏はその一瞬前に終わってしまった。ベートーベンのタクトは空を切った。聴衆は呆気にとられて拍手を忘れ、場内はシーンと静まり返った。

何が起こったのか、聴衆はこの事態を掌握しようとした。やがてまばらに拍手が起こる間、聴衆の多くが疑問に思った。「なぜ、指揮が遅れてしまったのか」。それからヒソヒソ声の囁きが漏れた。

「もしかしたら、耳が悪いのと違うか。聞こえないのではないか」と。

この逸話を読み返して、平田はベートーベンの苦悩を思い知った。(彼は苦悩の人なのだ。決して悩みを打ち明けられない孤独の人なのだ……)

そう考えると、平田は何となくホッとした安心感と親しみを覚えるのだった。ベートーベンと自分が同じ人種、というより「兄弟」に思える。彼の第5番『運命』が一層身近に迫り、愛しさを感じた。

「単線思考」と職場で陰口を叩かれる平田だが、克己心はなかなかにある。ベートーベンの伝記からじかに「悩む力」を見つけて汲み取っている。

汲み取る泉は、平田が繰り返し思い起こす、お気に入りのエピソードである。

ベートーベンが聴覚障害に悩まされ、自殺さえ考えていた頃のことだ。ウィーンの下宿の2階で作曲の構想を練っていると、突然、下の方から階段を伝って下宿先のおかみさんのわめき声が響いてきた。

が、難聴になったベートーベンの耳にはよく聞き取れない。「エッ何?」。ベートーベンが耳を澄ませながら問いかけた。

おかみは何カ月も滞納した家賃をすぐにでも支払うよう督促したところだった。おかみは繰り返した。「むろん、そうしなければいけないのよ!(Natürlich, es muß sein!)」。最後のこの部分は、ベートーベンにはっきり聞こえた。

ところが、彼はこの言葉を「むろん、生きなければいけないのよ」と受け取った。ついさっきまで自殺してしまいたいと考えていたのだ。ベートーベンは気を取り直して大声で叫び返した。

「そうとも、生きなきゃならない!(Jawohl, es muß sein!)」

後年、「ハイリゲンシュタットの遺書」と呼ばれる遺書までしたためたほど自殺を真剣に考えたベートーベンだったが、このおかみの一言に勇気づけられ、自殺を思いとどまる……。

悩める平田にとって、ベートーベンは人生の師匠でもあったのだ。平田が「悩む力」が大切だと考えたのには、立派な理由があったのである。

とはいえ、悩みの性質は人それぞれで違う。

平田の悩みは、ベートーベンと違い他人から見ると深刻味の薄い、平俗的なものだった。つまり、係長としてつつがなくやっていけるかという、自分の能力に関してであった。管理職として誰もが抱える悩みを平田は人一倍抱え込んでいた。それは、日常の業務に追われている者の「その時々の悩み」といってよかった。

だが、平田の頭は始終この日常の悩みに占領されていた。自身はこれを「超凡人の悩み」と自嘲していたが、実際その悩みは毎日のように起こる業務上の問題の解決に限定されていた。ある意味、平田の悩みは「その都度の悩み」であり、そこからその対応は決まって「場当たり対応」になるのであった。

エンジン行方不明の件で、平田はようやく「場当たり対応」ではよくない、この際犯人を突き止めて自白させなければならない、と思い至った。（そうでなければ、犯人は日頃の不満から再び犯行に及ぶだろう）

2. 末梢神経

平田は犯人割り出しに向け、二つの方法を考えた。一つは、平田のなじみ深いＩＴ技術を使った手だ。工場内に設置してある監視カメラを活用してウォッチし、不審な動きを探る、できれば犯行現場を押さえる。二つめは、トリックを使った誘導訊問で事実上犯行の証拠を固め、自発退社に持ち込む方法である。

考えた末、平田はこの二つを同時並行して実行することとした。

監視カメラを使った犯人捜しは、昨日の残業時間に行った。デジタル画像が見られるCPセンターにこもり、エンジンが消えた数日前に遡って画像をチェックしてみたが、異常はなかった。弓田らしき男はテキパキと動いて作業に余念はない。

(では、もう一つの方をやってみよう)。平田は、そうつぶやくと、頭の中に手順を思い浮かべた。その手順は米CIA(中央情報局)の尋問法に沿ったものだ。平田は古本屋で見つけた『CIAの捜査技法』からこれをコピーした。

翌日の正午ちょうど——。音楽が鳴った。昼休みに入り、アルバイトたちが一斉に手を休め、食事に行こうとした。平田は、「弓田君、ちょっと」と弓田を呼び止めた。弓田が怪訝《けげん》な顔をして立ち止まった。

「5分ほど、いいかな?」

「ハア? なんでしょう」。弓田が平田の目を見据えた。

「れいの見つからないエンジンの件だが、君はどこにあると思う?」

平田がのっけからエンジンの在りかを訊いた。CIAのマニュアル通りだ。いきなり核心に触れて相手の反応を見る手だ。

「それが分かるなら、とっくに見つけています」

弓田が平静に答えた。

平田がいくらかたじろいだ。それから、気を取り直して、用意していた次の質問を発した。

「誰かが隠したとすれば、動機は何だろうね？」

弓田は一瞬、答える前に間を置いた。平田が目を皿のようにして反応を見守っている。

弓田が憮然とした口調で言った。

「分かるわけありませんよ。隠したとしたら、なぜそんな面倒を起こすのか、こちらが知りたいくらいです」

それから「食事に行きますから」とピシャリと言うと、その場を去った。

平田は全部で質問を7項目用意していたが、あっけなく二つで終わってしまった。現場に取り残された平田は、内ポケットからメモを取り出し、作っておいた質問表を眺めた。

（マニュアル通りには行かない……）。平田は独りごちた。（この通りに行けば、やつはうろたえるはずだった。取り乱すはずだった……）

事が想定通りに運ばなかったため、混乱を来したのは平田の方だった。

（なぜ、うまくいかなかったのか？）。平田は失敗の原因について思い巡らした。

すぐに思い当たった。ＣＩＡが尋問する相手は、捜査の結果、容疑が固まり後《あと》は自白を引き出すばかりの犯人なのだ。犯人相手だから、ズバリ核心を衝く質問に相手は反応しやすい。突然、警戒したり、興奮したり、動揺して、感情が露わになりやすい。

（ところが、どうだ、弓田の反応ときたら……）。平田は、いましがたの反応を頭の中で巻き戻してみた。怪しむべきところは、何一つない。

（弓田はむしろ迷惑を被ったのはこっちだ、こっちこそ被害者だ、と怒ったふうだった。どう見ても弓田は犯人ではない）

平田は断定した。（だとすれば、どいつがやったのか。ともかく捜査は振り出しに戻さなければならない）。平田はこう結論して、唇を噛んだ。

5分後、弓田は社員食堂の長い列に並んでいた。（クソッ！　いまいましい。あいつ、一体何を知りたかったのか。俺を疑ってかかっていたに違いない。不愉快なやつだ）

そう思いながら、横のカートからプラスチックのプレートとスプーンを取った。食べるものは、すでに決まっている。いつもと同じカレーライスだ。250円と安いし、旨いし、栄養価も高いし、飽きない。

大テーブルに腰を下ろすと、隣から若い工員のかん高い声が聞こえてきた。向かいの年上らしい男にしきりに訴えている。

「……きつい、疲れた。今日はラインスピード、相当早く感じた。つらかった。これ、きのう飲み過ぎたせいかな。ついて行くのに精一杯だったよ」。どうやら組立工らしい。相手の男が静かに言った。

「スピード、いつもと変わらないはずだ。増産計画は出てないからね。こちらの体調が悪いと速く感じるよ。俺も調子が悪い時に組み付けに手間取ってラインを止めてしまったことがある。飲み過ぎのせいじゃないのか?」

弓田はスプーンに盛ったカレーライスを口に含むと、落ち着きをいっぺんに取り戻した。(スプーン一杯の幸福だ)と内心つぶやいた。(これが至高の瞬間でもある)。弓田は満足げに目を細めた。

弓田はカレーライスを味わいながら、いつものように思い巡らした。

(この単純繰り返し労働ってやつ。こいつは恐ろしい精神的ダメージをもたらすな。人を考えないように仕向ける。繰り返し労働で肉体的に相当くたびれる。すると、考えたくなくなる。考えると余計に疲れるからね。〝ああ、くたびれた。眠りたい〟とか、〝腹一杯食べて寝転びたい〟となる。

自動車の組立工の労働は、この典型だな。連日続くと、考えるのが億劫になる。1年以上も続くと、〝考えない人〟になる。やってみてよく分かった。頭が回らなくなる。回そうとしなくなる。こんな状態がやっと回復するのが休日だ。休日にスポーツをする、読みたかった本を読む——こいつがどんなに幸せか。

だが、考えてみると〝労働が喜び〟でなく〝労働からの解放が喜び〟というのは転倒しているのではないか。価値があべこべではないか)

弓田は十分に味わったカレーライスを呑み込むと、グルリと周囲を見回した。大テーブルの横に座った男たちの会話が、耳に飛び込んできた。

「危うく大ヤケドをするところだったよ。マシンの隙間からアルミの熱湯が飛び出してきてよ。たまたま俺は、その手前で作業していたから助かったが、10センチ前にいたら顔をやられてた」

「あぶねーな。お前、強運なんだ。以前にも火傷の事故があったらしい。俺も操作中は前に出ないようにしている」

どうやらアルミ鋳造工らしい。溶かしたアルミインゴッドの熱々の液を、セットしたシリンダーヘッドなどの金型に向けて射出する成型マシンが、故障したか、使い過ぎてガタが来たようだ。

あらゆるマシンに故障の発生は避けられない。運転ミスも加わり人身事故もたまに発生するが、よほどの重大事故でない限り部外者が知ることはない。その理由は、どの工場も「無事故」をキープする「安全最長記録」に挑戦し、競い合っているせいだ。この記録を更新しようと、工場長は躍起になって事故を内密にしようとする。こうして安全最長記録は塗り替えられていく。

「危ない、危ない」。もう1人が言った。

「おいらの鍛造《たんぞう》も安全記録を延ばしてるが、本当は指1本潰しても事故にならんと違うか？」

「事故と認められても、自己過失となれば悲劇だな。受け取るカネが違ってくる」

そう言うと、もう一人が「危ない、危ない」と繰り返した。

弓田は腕時計を見た。まだこの食堂に8分ほどいられる。（もう少し労働哲学の先を考えてみよう。さて、と。どこまで考えたっけ？）

思い出した。「労働の価値」の転倒についてだった——弓田はまたこの地点に舞い戻って、思考モードに入った。

（本来、労働は、——仕事は、自己実現活動の一環だから喜びでなければならないはずだ。が、現実は一部に例外はあるが、ほとんどの者にとって労働は喜びでなく、そこから解放されて喜びを感じる。ウィークエンドはストレスが解消して気分が高揚する。日曜は通常、夕方までは気ままにのびのびと楽しんで素晴らしい。が、夜ともなると翌日の出勤や翌週に予定される仕事のことが頭に侵入してくる。

なぜこんな違いを感じるのか？　答えは、労働のほとんどが「拘束」する性質を持つからだ。労働時間の拘束、締め切りなどやるべき仕事の期限の拘束、守るべき契約上の拘束、手続き上課される拘束——等々の拘束で日々ストレスを加える。こうして労働は概して規制だらけの労苦になり、これに慣れなければ重圧に押し潰される恐れがある。労働の達成感は、この規制のチェーンの中で目に見えた成果を挙げ、客観的に認められた時にのみ実現する。

ということは、仕事を続けることは一般に大変ハードな作業、となる）

弓田はここで、思考を中断した。そろそろ作業現場に戻らなければならない。昼休みは間もなく終わる。

作業場に向かう若者たちの白い作業衣の背。その群れを追い抜きながら、弓田は自分の社会的立ち位置についての一つの確たるコンセプトを電撃的に得た。

速足で歩きながら、彼は頭をポンと叩いて自身に言い聞かせた。

（こういうことだ。クルマの組立工に関する限り、労働イコール労苦だ。なかでも不安定雇用の上に、慣れないわれら非正規労働者は労苦の極みをたっぷり味わう運命となる）

工場現場に弓田が到着したと同時に、頭上で賑やかな曲が鳴り響いた。昼休み後の始業を知らせるヨハン・シュトラウス1世のラデツキー行進曲ピアノ連弾だ。

若い工員が頭を振りながら配置先に向かった。ひと月前まで、この時間の曲目は静かなクラシック曲だったが、「もっと元気の出る音楽を考えろ」と視察した労務担当役員が注文を付け、ラデツキーに切り替わったと、弓田は古手の工員から聞いた。

自動車メーカーの非正規労働とは？　と、弓田は回想してみた。（これは外食チェーンと違って、大企業の組織労働の典型だな。まるでベルトコンベアに乗せられたような労働だ……）。すぐに結論が出た。

（一定の生産計画に基づく組織労働。目的に向け、寄り道せずにムダなく日々の計画を完遂する。そのためには、規律よく従順に働くことが要求される。そう、ここではトップから降りてくる業務命令を忠実に実行する〝蟻の労働〟が重要だ。蟻の中で一番の端役がわれわれ非正規労働者。この構造は、人体に喩《たと》えられるのでは）

弓田は結論を掘り下げた。（そう、自動車工場の労働形態を人体に例えると、分かりやすい）。冷静になって論理をさらに進めた。

（頭脳はむろん経営トップ、動く手足が現場労働者。そしてわれわれ非正規は手足の指、いや末梢神経かな。血流が回らず、神経の末端がマヒしているのだな）。弓田が苦笑した。

それから、強烈な印象を残した外食チェーンの労働と比べてみた。

（たとえば、外食チェーンの非正規は、長時間労働の上、時には名ばかり店長の代役もさせられる。〝手が離せないから手伝ってくれ〟と。すると、管理仕事の負担がずしんとこたえる。同僚が休んだ時などは、その分、負荷がかかってへとへとになる。

つまり、管理的な煩雑な仕事も、一部丸投げされるから精神的にくたびれ果てる。ここが自動車との違いだ。

自動車の臨時工は、肉体的には大変だが、管理的なストレスは小さい。組立工などはメカニックな単調な繰り返し作業だから、最初は辛いが、慣れていけば苦痛は小さくなっていく。慣れが苦痛を和らげるから、ある意味、仕事を続けるうちに充実感がある。熟練工になるにつれ仕事に愛着も湧く。その代わり、繰り返し作業による手足の局所的疲労とか痛み、しびれ、屈むために腰痛。こういう肉体の問題が出てくる。若くないともたない。
これはこれで大変だが、機械の一部になりきる自動車工の方が疲労もストレスも軽いな。1日が終われば、明日のことは考えなくていい。ストレスを持ち越さない。精神的にも自動車の方が遥かにいい）
弓田が二つの労働形態を比較検証して自動車に軍配を上げた。非正規雇用の身で職場を漂いながら、弓田は現場体験から労働哲学を着々と身につけていった。

Ⅲ　年金機構

1．しがらみの園

弓田が社会保険庁から衣替えした日本年金機構本部に雇用期間8カ月の事務員として勤めたのは、機構が発足したばかりの2010年1月のことである。「消えた年金」や職員の業務外の年金情報覗き見などの不祥事に批判が高まり、社会保険庁が解体されて機構が発足したのだった。

弓田はかねてから年金問題が気になっていた。いまの非正規を続けた場合、老後は低年金で生活がままならないことが目に見えていたからだ。非正規は厚生年金が適用されず、国民年金への加入が義務付けられるが、保険料を仮に月々、満額納付しても、65歳になって受給できる年金は月6万5千円くらいにしかならない。

（たったの6万なんぼで生きていけるか！　働き続けなければ、老後は生活保護を受けるしかないじゃないか）。非正規の仲間と年金について話すと、決まって似たような文句が出る。

ところが、弓田はこの国民年金の保険料を時折りしか納付していない。手元資金に余裕がなかったり、残業続きで超多忙な折は、保険料の振り込みは後回しになってしまう。こうして月1万5千円余の現行保険料を納付した記憶は半年ほど前に遡る。役所は支払い遅延を大目に見て、2年以内にひと月でも支払えば国民年金保険料の「未納者」扱いにしないことを弓田は知っている。

年金とこれを扱う新組織への関心から、弓田は機構の求人に応募を決めたのである。期間限定で平日の朝9時から夕方6時までフルタイム勤務。基本給は月平均15万6千円で賞与なし、が求人条件だった。

その〝驚きの発見〟は、機構に入った最初の日に起こった。事務仕事に最小限必要な事柄を教わって指定の机の前に座ると、隣の中年男が話しかけてきた。

「僕の名前は香西。どうしてこんなとこに来たのさ。ここ、〝しがらみの園〟って呼ばれているの知ってる？　連絡一つ思うようにいかないよ。しがらみがあってね。あまり張り切らない方がいい。張り切っても空回りするからね」

弓田は「どういうことでしょうか？」と反問しようと思ったが、自制した。（いまは黙って聞いておいたほうがいい……）

香西は声を落として続けた。

「驚くのはまだ早い。この前来たパートの新人は〝ビックリハウス〟と言っていた。いままで幾つもの企業にパートで渡り歩いたが、こういうところは初めて、だと。何が初めてか、と訊くと、全員バラバラで全くまとまりがない、って。不祥事が起こるのもムリない、また確実に起こる、とも言っていた。よく分かったと感心した」

男はグルリと周囲を見回すと、声をさらに低くした。

「こんなことを君に言うのも、後でがっかりさせたくないからだ。希望を持って仕事に精を出すのはいいが、空回りしては元も子もない。若い新人はひどく傷つく。さっきの新人も退職する時に言っていた。『こういう職場に自分は耐えられない。コミュニケーションが全くありませんから。ここは仲間意識というのがない。あちこちでコソコソと話し合う場面を見るけど、なんなんですかね』と。

僕に訊いてきたのは、僕が〝窓際〟で話しやすかったからじゃないかな。相談にも乗ったし。彼はパート経験が長いから、嗅覚が利《き》いた。最後にこうも厳しく言っていた。『職員はコミュニケーション不全症という集団感染症にかかっている』って。

その通り。外から入ってきた若者には、ピンと来るんだ。組織の病気は内部の者には分からないからね」

香西正三は、旧社会保険庁出身で、年金情報を30年も扱ってきた専門家だ。上司には厳しく、部下には優しい——これがパートらの評価だった。後にこのことを知って、弓田は仕事や機構に関し知りたい時は彼に訊くことにした。

弓田は8カ月の有期雇用契約なので、その仕事は補助業務に限られる。ワードやエクセルなどのパソコン操作は必要とされるが、仕事のほとんどは各種届け出などの受付や数字の入力といった簡単で単調な事務だ。聞けば今度の公募は「育児休業者の代替職員」を確保するためという。

仕事は弓田から見れば、これまでのきつい仕事とは違って、すこぶる楽ちんだった。残業もない。人使いも荒くない。民間では考えられない単純事務作業である。弓田はロボットのつもりで日々の決まりきった事務処理に取り組んだ。

1カ月ほど経ったある日、香西が声をかけてきた。

「きょう暇なら、終わって行きつけの居酒屋で一杯やらないか。面白い話を聞かせよう」

大いに興味を惹かれたが、弓田は躊躇《ちゅうちょ》した。

「でも、お金がありませんから」

「心配いらない。僕が持つ」

終業後、2人は連れ立って近くの居酒屋に行った。共に焼酎をお湯で割って、上機嫌で話し込んだ。

話はすぐに機構の職場体質に及んだ。

「随分、いろんな会社を回ってきたようだけど、機構はどんな感じ？」

香西が上目使いに訊いてきた。

「仕事は予想していたよりずっと楽です。事務仕事の8時間実働ですから。でも、中で働いている人は結構やりにくいんじゃないですか。仲良く働いている気がしませんから。ある種、不信感、緊張感を職場に感じます」

「ほう、なかなか鋭い。ヘンな緊張感がたしかにある」

香西がうなずいて、焼酎をグイと飲んだ。

香西の目が据わった。

「この不信感というのは、歴史的、構造的なものだ。この先もなくならない。建物と同じで、いったん構造が造られると、これを取り壊さなければ新しい建物は建たないよ」

「それはどんな構造なんですか？」。弓田が先を促した。

「3層構造、いや、4層、5層かな？ まず僕のような旧社会保険庁出身がいる。これが正規職員1万1千人の7割だ。このほかに民間の中途採用者が2割近く、新卒採用者が1割くらい。旧社保庁組の中にも厚生労働省出身の天下りグループや都道府県OBがいる。出身がバラバラだから、意識もバラバラだ。まとまるわけがない」

不祥事を続出させている「構造」を、香西は浮き彫りにしてみせた。

「そういうことですか。四分五裂では連帯感、信頼感が育ちにくい。挙げ句、無責任体制になってしまう、ということですか」

弓田が香西の主張を補強した。

「無責任体制？ その通り。無責任体制というやつは、責任を誰も負わない体制のことだから、社保庁に際立っていたね。構造的分裂状態で相互不信となれば、問題が発生してもよそ様の責任にして責任を逃れようとするわけだ。〝その件はあちら様の責任です〟という責任転嫁が習い性になる。それがますます派閥を反目させ、不信感を深める、という悪循環を生む。組織の病気だよ。迷惑を被るのは、国民だ」

この2人のやりとりの後年、2015年6月、機構はサイバー攻撃を受け、125万件に上る個人情報を流出させ、100万人以上が被害を受けたことが発覚する。ウィルスメールの「受信拒否」を設定しなかったり、職員のファイル開封を放置したり、のルーズな対応が被害を広げた。

「ところで、――」と、弓田が質問を投げた。

「官庁や大企業が無責任体制に陥るのはなぜでしょう？　責任体制が明確でない、組織の欠陥のせいでしょうか？」

「一つは、それもあるが、大組織に起こる無責任問題の根はもっと深いのではないかな。行政の場合、法令で決まったことを従前のやり方でやっていけばいい、という文化だから責任認識は育たない。俺は法に従って合法的にやっている、お国のためにやっている、何が悪いの？　という傲慢な意識になりがちだ。

責任というのは、自分が決めてその結果の責任を負うというのが本来の姿だ。自分が物事を決める〈自己決定〉が責任をもたらすわけだ。官僚の場合、自己決定権は法令に基づき許認可や検査、立ち入り、行政処分など規制と、公共事業や教育・スポーツ振興などへの予算の配分にある。巨大な規制権限と公金の使い途を握っていることが、公権力の秘訣だよ。

権限とカネを握った以上、正常感覚の役人なら、それをどう行使するかについて責任感を持って当然だ。しかし、ついつい傲慢なおエライ様の意識になってしまうのだよ」

そう講釈すると、香西はうまそうに焼酎をひと飲みした。弓田の感銘している様子に、満足したように話を次に進めた。

「責任感旺盛の役人はむろんいるが、そこは権力の恐ろしさだ。権力が毒饅頭《まんじゅう》である所以《ゆえん》だ。権力は、脳を快感でしびれさせ、人を変えてしまう、麻薬の作用をする。

公共事業官庁の国土交通省を例にとってみよう。ここに道路局とか河川局、住宅局がある。彼らは役所が決め議会に諮《はか》らずに閣議決定すれば施行できる政令（国土交通省組織令）で自分たちの事務・事業の内容を『所掌《しょしょう》事務』として決めることができる。自分たちの作る法令で道路とか河川を建設（整備）・管理する権限を持つ、と定めるわけだ。

こうやって法に基づいて権限を握るから、ある意味、絶対君主的な錯覚に陥りかねない。責任の所在や範囲に関する規定はなく、権限の規定があるだけだから、当局者の権力意識は強まる。〝俺に決める権限がある〟と。責任意識はすっかり希薄化して、傲り高ぶり、お上の意識になってしまう、という構図だ」

香西がここで弓田の反応を窺った。

弓田がうなずいて言った。

「規制権限とカネ――なるほど、彼らの権力の源ですね。その乱用の歯止めは法律にはないんですか？」

「ない。権限の規定はあるが、それだけだ。法令に、たとえば道路整備に際し、環境保全に配慮しなければならない、などとは書かれていない。権限行使の行き過ぎを抑えるようなブレーキ規定や抑制フレーズは何ひとつない。

だから官僚が行け行けドンドンで暴走する危険は常にあるんだよ。彼らは暴走しても、自分たちは法律通りにやったのだから、すべて合法的で〝何が悪い？〟となる。

この結果責任を負わずに済む法体系に加えて、公金を『自分たちの裁量』で事業に使える『カネの権限』の乱用、さらに職務遂行をチェックする監視機能の不全――こうした要因から無責任行政の暴走となる。

そのシンボリックな例がハコ物（施設）事業だ。年金財源や雇用保険、労災保険財源を使ってグリーンピア（大規模年金保養基地）や各種の福祉施設を建設・運営した末に事業破綻して、施設をすべて超安値で売却・譲渡している。川越市内の武道館のように、たったの1050円で川越市に売り払ったケースもある。

これらの保険積立金を原資に建設した福祉施設は、全部でたしか2400以上にも上った。その施設事業委託先の特殊法人や公益法人に、年金官僚たちが大量に天下りしていた。うちにも本省からトップクラスの〝指定席〟に天下っているよ」

「なるほど……」

「が、国民はこういう法令の責任と抑制なきカラクリを知らされていなかった。年金も同じだ。不都合な真実は知らされない。『消えた年金』ではないが、『消された情報』だ。事故や事件が起こって、〝背景にそんな問題があったのか〟となる」

「フーン、根は深いんですね。すると機構は3層、4層構造だから、まだまだヘンな事件が起こる、ということですか?」。弓田が怪訝《けげん》な顔で訊いた。

「まだまだ、次から次へと起こるよ」。香西が断言して続けた。

「だが、このまま行くとこの先はもっとひどくなる。国がますます強権的になってきたからね。法律も着々と整えてきた。ウルトラ国家資本主義の完成に向けて、強引な憲法解釈をして戦争のできる国にした。特定秘密保護法を強行可決してまず情報隠しの布石を敷き、秘密を握る国家官僚の力を強めた。次に安保関連法を、これも強行成立させた。

安倍晋三政権は現代最大のスリラー・シナリオライターだね。国の方向の全シナリオをウルトラ・ナショナリズムに書き換えようとしている。手に汗握るよ。反対勢力の多くが後手後手と遅れをとっている」

香西がうん蓄を傾けた。

「確信犯というのは、いつでも盛んな行動主義だ。反射神経がいい。決定が早い。信じて迷わずに行動するからね。だから政治家の確信犯となると、要注意だ。反対の声を無視して間違った方向に、どんどん進む。いまの政権がこれだ」

香西は言い終えると、ホッとした表情を見せた。これをよほど言いたかったに違いない、と弓田は直感した。

「もう一つ言うと――」。香西が得意顔で続けた。

「ナショナリズムにも二つある。一つは、どの国民もが持つ自然なナショナリズムだ。オリンピックで自国の選手が金メダルを取って喜ぶのは当然の感情。が、この一線を超えると、危険この上ないナイフに変わりうる。

その一線とは心理状態だ。国と自分を同一視する心理だ。〝お国は正しい〟とか〝お国のためなら〟という心理だが、国というのは時の権力が示す姿だから、批判なき無条件の政権支持・迎合になりやすい。

これを僕は〝狂信ナショナリズム〟とか〝排外ナショナリズム〟と呼ぶ。これが集合すると、やたらと好戦的となり、戦争を起こしやすく、和解を難しくもする」

弓田は聞いていて、（この人は特殊法人の職員ではない。自由主義の思想人だ）と確信した。

香西は感心して聞き入っている弓田の反応を楽しみながら続けた。

「あー何かさばさばする。言いたいことを言ったからね。聞いてもらって今日はありがとね」

香西がコックリと頭を下げた。

「いや、こちらこそ、いいお話を聞かせてもらい感謝です。聞いていて確信したことがあります。狂信ナショナリズムは〝個人と国家との同一視〟から始まって集団感染症として排外主義になって広がる。これは国家崇拝という一種の宗教ですか？」

「その通り。国家崇拝、国家を神と崇める国家教です。この信徒が世界各地でウヨウヨいるから紛争が地上に絶えない。国家教は邪教です。彼らはみな排外主義で、他者《よそもの》をすべて〝異物〟と見るからね」

「なるほど、異物か。すると、自分たちは純粋種とか優越種とか、そういうふうに思い上がっているわけですね」

弓田の顔が、啓示を受けたかのように輝いた。

「全くその通り。狂信ナショナリストには、他より自分たちは優越している、という自負、あるいは優越したいという願望がある。優越感と劣等感がない混ぜになっているんだ。

ここが怖いところ。感じやすいところを突かれると、彼らは過剰に反応する。指導的な為政者の中にこういう狂信者がいると、むやみに攻撃的になり戦争が起こりやすくなるね」

「ナチスのヒトラーは決して例外的な人物ではない、ということですね。この類型に属する狂信ナショナリストは、世界中に大勢いる。自由を愛する個人主義者や人類愛の博愛主義者よりも数がずっと多いかも」

「そこだよ、怖いのは。民主主義の議決は数で決まる。ナショナリストの影響が強まっている現在、その影響力でナショナリスト側が次々に地盤を広げる。政治に始まり、経済、文化、教育、生活の面でもね。これが恐ろしいところだ。

強力なナショナリスト政権が国家を全面統制する危険が迫る。当時、世界一の民主主義憲法を謳ったといわれたドイツのワイマール共和国は、ヒトラーが政権を奪取すると、たちまち崩壊して独裁全体主義国家に変わってしまったからね」

香西が主張を深掘りした。

「研究者によると、その変化は劇的だった。ドイツの有力紙、フランクフルト新聞の1933年1月1日付の社説は、共和国支持者を喜ばせた。それは『民主的国家に対するナチ党の強烈な攻撃は撃退された』と宣言していたからね。ヒトラーは政治的に敗北した、と見なされたのだ。しかし、それからわずか1カ月足らずの1月30日、ヒトラーはヒンデンブルク大統領の指名を受けて首相に就任する。独裁者は政治的混乱の中から突如として誕生したのだよ。

ここに重要なプロセスがある。選挙の成功・合法的な首相就任、そして政権掌握後の独裁化・専制化だ。民主的な国家においてはこの順で独裁者が生まれてくる」

「その通りと思います。どこかの国も同様です。選んだ国民も、悪い政治を選んだ責任がある、などと言う者もいますが、国民の側からすれば情報がきちんと入って来なかったり、ねじ曲げられるから、あれよあれよという間にうっかり騙されてしまう。

原発がいい例です。〝原発は安全、低コスト〟と国民は信じさせられたが、東京電力福島第一原発事故でその神話は吹っ飛びました。原発の安全神話は、原発ムラの利権関係者が国民に長年刷り込んで作ったことが、いまでは明らかです。小泉元首相でさえ〝自分も騙されて安全神話を信じた〟と告白しています。

政府の情報公開にこそ問題がある。不都合な情報は隠して出さない、小出しして全体像を見えにくくする、わざと複雑に分かりにくくしてごまかす、情報を操作してめくらましを加え、都合のいいように脚色する――政府のよくやる手です。大本営発表をそのまままた垂れ流す媒介役のマスコミもあり、国民の多くは新しい政策や法律の危険な本質に気づかなかったり、無視してしまう。結果として騙されます。

国が本当のところを伝えなければ、国民に真実は分からない。分からなければ状況に巻き込まれるか、仕方ない、と付いて行ってしまう」

弓田が政府の情報隠蔽工作にこそ、国民を無知に落とし入れる第一原因があると主張した。大本営発表のウソは基本的に続いており、原発安全神話でそれが証明された――。

「この政府のウソは、何も日本だけのものではありません。国の情報機関が大がかりなウソを組織的に行うケースもある」

弓田が説明をさらに掘り下げた。

「CIA（米中央情報局）やNSA（米国家安全保障局）の扱う国家機密を明るみに出して海外逃亡したスノーデンや国家機密暴露サイトのウィキリークスは、国家情報機関の不法な情報活動を暴いてみせた。いまやどの政府も、日本でもアメリカでも中国、ロシアでも、『安全』の名の下に国民に外からの『脅威』が迫っている、と圧力をかけて強権国家を目指しています。政府は統治力拡大のために外からの脅威があったほうがよい。こうやって危険なウォーゲームが、世界規模で始まったと見ています」

「賛同できるね。〝安全のためと進めるウォーゲーム〟」。香西がニタリと笑った。

2．旧サクセス・ストーリー

2人は揃って焼酎をお代わりした。弓田が言った。

「鳥の目で見ると、先進国では政府の本性が分かってきた国民の多くが反政府に傾き、新興国では独裁権力が横暴になり、不安定化している。民衆はどこも改革を、いい政治を求めているが、得られない――ざっとこういう構図が垣間見えます。

虫の目で日本を見ると、かつて繁栄をもたらしたサクセス・ストーリーのシナリオはもはや通用しない。真に改革するには、トータル・ヴィジョンを頭に描いて、何事もゼロから見直さなければいけないのでは。これまでの改革実績や前例の上に手を加えるようでは、すぐに壁にぶつかる。結果的に現状追認の微温的な改革――ほんのわずかな改良にしかなりませんからね。

僕の経験から年金のことについて言うと――」

香西が「年金」と聞いて背筋をピンと伸ばした。

「窓口で年金相談に乗ってつくづく身に沁みたのは、生活にカツカツの高齢貧困者の問題です。その数が年々増えているのは、報道の通りですが、個々のケースに当たってみると、実態は相当深刻です。たとえば――」

弓田が例に挙げた年金生活者S氏の話に、香西は引き込まれた。S氏は年齢74歳。1年前に他界した母の老老介護が終わり、ホッとしたのもつかの間、今度は2歳下の妻が脳梗塞で倒れ、再び介護する身となった。子ども2人のうち大企業に勤める長男は海外勤務、長女は夫の地方勤務で地方住まいなので、独りで妻の面倒をみなければならない。

「その方は月20万円ほど厚生年金を受け取ってやり繰りしていましたが、奥さんの介護・医療費、自分の健康悪化から来る医療費負担が加わり、ここにきて貯金を月々崩さなければならなくなった。で、実施が決まったマクロ経済スライドによって年金の実質支給額が毎年減らされると聞いたが、今後、自分の場合どの程度減らされるのか、と訊いてきたのです」

厚生労働省によると、65歳から受給資格を得る公的年金に生活資金を全面的に頼る年金生活者は7割近い。高齢者の大部分が年金頼りの生活である。

ところが、高齢化が進んできたため年金財政事情は厳しい。アベノミクスが火をつけた円安・株高で年金積立金を管理運用する独立行政法人（GPIF）が株式運用を増やしたお陰で、はじめの2年は運用益を大きく上げたが、3年後には大損を出した。年金財政が今後安定的に好転していくことは望めない。

なぜなら、年金の原資となる年金加入者の減少が続いている反面、年金を受け取る高齢者は増加の一途だからである。

日本では65歳以上の高齢者がいまでは4分の1以上になった。かつては大勢が1人を乗せた神輿《みこし》をかつぐ形だったのが、いまでは3人の担い手が1人をかつぐ騎馬戦型。近い将来、現役1人が老人1人を担うオンブ型に変わるとされる。

現行の公的年金制度は間違いなく行き詰まる。この認識で年金専門家の意見は、ほぼ一致している。

行き詰まる理由は明らかだ。現行制度は高度経済成長期の人口モデルを前提に制度設計されたからである。人口は出生率の高まりと乳幼児死亡率の減少から子どもが増えていき、労働力も増加する——こういうモデルであった。

しかし、この人口モデルは1970年代の半ばまでしか通用しなかった。出生率が低落してきたためだ。

それでも、女性の社会進出で労働力人口は1990年代半ばまで増え続けたため、年金加入者も増え、年金財政は揺らぎながらも持ちこたえた。

年金財政の潜在的危機が一挙に表に顕《あら》われたのは、2000年代に入ってからだ。背景に非正規雇用者の増大があった。

弓田がゆったりと切り出した。

「その方の場合、たて続けの老老介護で自分もダウンしてしまった。持ち家で住宅ローンがゼロなのは救いだったが、医療費負担がこたえた。結局、本人は神経も病んで、パニック状態になって年金相談に駆け込んだのです。

釈迦に説法になりますが、現行制度では老老介護のような事態が起こると、厚生年金でも生活困難になります。国民年金では、どうやり繰りしてもやっていけない。

もう一つが、非正規雇用者のケースです。

この方の場合、学生時代から未納だったこともあって、満額受給は期待できません。彼は就職氷河期に非正規社員として雇用され、以来、非正規で、いま40代はじめの独身です。このまま非正規でいけば将来の低年金は確実。年金収入はおそらく月6万円にもならないでしょう。彼もこのことを予期して、切羽詰まった気持ちで相談に乗ってほしいと。

ひとまず、職能を身につけるため、キャリア促進プログラムに参加してもらいました。彼は将来の不安からアルコール依存症になってしまった、と言っていました。ウソじゃないでしょう。吐く息が酒臭かったですから」

そう話すと、香西の反応を窺った。香西は表情一つ変えずに、黙って聞いている。

「この例からもお分かりのように、現行の年金制度は十分に機能していません。年金への不安、不信は相当に根強い。抜本的な制度改革が必要です」

ここで香西が反応した。

「ほう、いまのでは長くはもたない、ということかな？」

「おっしゃる通り、どうにかもっているが、必ず行き詰まります。いや、国民年金はすでに実質破綻していて、独り立ちできない。これが見かけ上続いているのは、厚生年金が支えているからです。年金は職域別・雇用形態別を超えて、基礎年金部分を厚くして一つに統合させる必要があります」

「その通りだとは思うが、これが難しい。２０１５年10月に公務員の共済年金と厚生年金が一つに統合されたのは、その一歩だと評価できる。問題は次をどう進めるかだ」

「厚労省の国民会議や審議会を見て思うのは、議論が内向きに過ぎる、もっと海外先進国の優れた年金モデルを研究して取り入れる必要がある」

「……たしかに、海外のケース・スタディが足りない」

「日本の公的年金制度の評価は国際的にかなり低い。アメリカの世界最大級の年金コンサルティング会社・マーサーの２０１５年の評価では世界25カ国中、日本は23位です。最下位・インドと24位韓国の上だが、中国よりもランキングが低い。評価項目で最も低いのが、〝持続可能性〟。海外でも、持続可能性に欠ける、と見ているわけです」

「長持ちしそうにない、ということだ。評価のトップクラスは北欧とかオーストラリアが常連だが、こういうモデルから日本は学習する必要があるね」

「民主党は政権を取る前、スウェーデンの年金モデルを基に新制度を考えました。僕は非正規の立場から個人的にあれこれ見てみると、ランキングで3年連続でトップ3に入るオーストラリア、デンマークが特に参考になる、と思いました」

「どういうところが、いいのかな？」

「ランキングトップクラスは、いずれも日本のような、若い世代が納めた年金保険料で年金世代を扶養する賦課方式ではありません。若いうちに年金資金を積み立て、老後にこの積立金を運用益と共に自分の生活資金に充てる積立方式が基本です。

　このシステムだと、積み立てた額に応じて引退後に確実に、運用金利などのプラスαで年金を受け取れる。納得のいく自己責任型です。

　オーストラリアを例に挙げると、この積立方式と税を組み合わせている。２階建ての制度となっていて、１階は『生活保障年金』。資力のない高齢者向けで、高所得・高資産者は受給できません。この1階部分は、全額を税金で賄われ、保険料の拠出は必要でない。

単身者の場合、いまの為替レートで2週間当たり5万9千円くらい受給できる。2階が積立金で賄われる。事業主に賃金の一定割合を被用者のために積み立てるよう義務づけられています。これを原資に、被用者に『退職年金』として1階部分の生活保障年金に上乗せして支給される。自営業主や個人も加入でき、2階部分を積み立てておけば、老後に受給できます」

「税と積立金が基本。デンマークと同じだな。よくできた制度設計のようだ」。香西が称賛した。

「この優れたところは、資力のない高齢者の場合、1階の生活保障年金と2階の退職年金の両方を受給できるところにあります。しかも年金資金を積み立てなければならないのは被用者を雇用している企業で、従業員は積み立てを法律で義務づけられていません」

「ならば、企業の負担は大変だ。賃金の一定割合というが、どのくらい積立用に拠出するのかな?」

「賃金の9%ほどです。日本の厚生年金で企業が負担している保険料率比率と、ほぼ同じレベルです。このほかに個人としても積み立て可能だから、〝老後は安心できる〟気持ちで暮らしていけます」

「なるほど……だが、このモデルを日本に取り入れるとなると、現行の賦課方式から積立方式にどう移行していくか、難しい面があるんじゃないの？」

「制度の大改革ですから、むろん一筋縄では行きませんが、こういう考えが有力のようです。積立方式に移行する場合、過去期間分の国民の保険料拠出に対し支給しなければならない年金債務——一説によると８００兆円と言われます——この処理を１００年かけて行う。そのために消費税引き上げで対応する。消費税３％相当の増税で対応可能ではないか、と。

これを消費増税でなく、死亡者の遺産に対し〝特別相続税〟の形で徴収してはどうか、という学者もいます」

「現行制度の下《もと》、すでに年金生活に入っている人は現状通り支給されていくのだろうが、現役世代で保険料を支払っている者の扱いとか、問題は色々と出てくる」

「ここで本来ならこの年金機構が、新制度に移行するまでの過渡期の対応を担うでしょう。が、別途、新しい公的機関を設置して、移行問題に当たらせる可能性の方が強いでしょうね。機構は国民からまるで信頼されていませんからね。政府が機構にこの重要な仕事を任せるとは思えません」

弓田が皮肉った。

「肩身の狭い思いもするが、機構の信用は地に墜ちた。僕にも責任の一端がある、と自覚している」

香西の声が、重苦しく続いた。

「しかし正直な話、機構だけの話とは思えない。国民の不信は公的機関に共通する問題だからね。無責任行政は、公的事業に関し、結果責任を負う法体系がないことから来ている。事業の破綻で結果責任が問われることはない。本省のハコ物事業は全部失敗し、税金で尻拭いしたが、結局、誰もクビにならなかった。

原発事業にしてもそうだ。核燃料サイクルは高速増殖炉のもんじゅをはじめ失敗続きの歴史で、まだ稼働していない。これまで費やしたカネは10兆円をゆうに超えたが、政府は性懲りなく計画続行を宣言している。福島第一の過酷事故も、まるでなかったかのように反省がない。もんじゅは〝夢の原子炉〟と呼ばれたが、試運転から20年以上も経つのに、事故続きでまだ一度も本格運転できていない。いまなお停止中だ」

「稼働してなくても作業員は保守・点検などで置いているから、多額の維持費がかかりますね」

「そう、毎年200億円ほどかかる。国民のカネを使っているのだから、予算の根拠や事業の見通しに関して国民に説明する責任があるが、そうしていない」

「そういうムダ金は税金から出ているわけですね。それなら、国会も予算審議の時にしっかり歯止めをかけるべきだと思いますよ」

「たしかに国会の予算監視の機能は緩い。だが、原子力関連予算は、文科省の研究開発向けの一般会計予算から出るだけでない。経産省が所管するエネルギー対策特別会計からも出ている。一般向け、企業向けの電気料金に含まれる税金がそれだ」

「年金もそうですけど、特別会計のカネの流れは複雑な上に国会で予算の審議もなく、実質ノーチェックの状態と聞いています。官に都合よく使われるのではないですか？」

「大ありだ。一般会計から分けられていて目が届かないから勝手なことができると、デタラメに乱用された。ハコ物、もんじゅのほかにも、果ては公務員用のマッサージチェアやタクシー代に使ったりしたケースも。問題は、政官に反省がないことだ。〝喉元過ぎれば熱さを忘れる〟が、どうやらこの国の支配層の流儀らしい」

香西が溜飲を下げたように結論を語った。

それから、ふいに真顔に返って訊いた。

「随分、年金に詳しいが、ここに勉強しに入ったのかね？」

「ある意味、そうです」。弓田があっさり認めた。

「僕の労働の哲学の一環として選ばせてもらいました」

「ほう、労働の哲学？」

「僕は非正規雇用のプロと自認しています。日本の大企業は、新卒採用主義だから新卒時の就職活動にしくじると、大変ですね。大学を卒業以来、非正規の低賃金と不安定さをたっぷり味わってきました。が、この世界にも、一ついい点があります。それは深くはありませんが、いろんな経験ができることです。

フランスの労働哲学者、シモーヌ・ヴェイユはあえて工場で働いて工場労働の体験を手記に残しています。印象的なのは、工場労働を続けると〝疲れて考えられなくなる〟という実感です。毎日、労働に明け暮れて消耗してしまうと、人間、考える余裕を失う。

考えるのが億劫なほどの労働、疲れ過ぎる過重労働というのは、どう見ても行き過ぎ。考えるのは、人間独特の知的作業ですからね。これを奪う労働は、人間をやめろ、ロボットになれ、というのに等しい。

ところが、こういう非人間的労働は至るところにあることが分かりました。非正規雇用の分野には、そういう、肉体を消耗させる、残業続きの繰り返し労働の現場が多い。人間、こういう現場に入ると、過労地獄にはまって出られません。蜘蛛《くも》の糸に絡め取られるように」

弓田が何かを思い出したような眼差しをした。

「典型的なのは、外食チェーンの労働でしょう。これは思い出すのもつらい。毎日が食べる、眠る、の二つしかなくなる。

しかし、得難い経験になった。こういう経験は、非正規だからできたんでしょうね」

弓田が薄く笑った。

「でも、こういう非正規労働の実《み》を得るものも若いうちでしょう。この世界では若いほど仕事が見つけられますから。40を過ぎると、急に仕事が見つからなくなる――そう非正規のベテランが言ってました。

ある時、老後の安定という生活をふと想像してみたんです。すると、仮に国の年金がしっかりあれば、働けなくなっても大丈夫と思った。ある職場で海外勤務でオーストラリアに行った人がいて、向こうの年金の話をしてくれた。これが先ほど言ったオーストラリアの年金制度に興味を持ったきっかけです。

ところが、日本の年金は職域や雇用形態で違う。非正規は国民年金ですから満額払っても生活困難と想像つきます。が、当の年金機構に入って現場でもっと勉強するのも悪くないな、と考えたのです。実地の勉強、これこそ実学です」

「なるほど、いまは実学の最中というわけだ」

「年金制度というのは、国の社会保障政策の最重要な柱ですよね。なぜって、人は誰でも老いて働けなくなる時を迎えるからです。

昼の間に業《わざ》を成せ。夜が来る、すると誰も働けなくなる――これ聖書の、ヨハネによる福音書にある言葉ですが、実際この通りだと思いました。夜を老いに喩えると、老いて動けなくなるまでに良い結果を出せるように働け、という意味になります。

で、動けなくなった時に手を差し延べるのが、年金制度と思うのです。これが重大欠陥を持っているのは、お話しした通りです」

「たしかに人間、人生のラストステージが安心できるなら最後に希望があるね。〝終わりよければすべてよし〟と諺にある。いまの欠陥多い制度の存続にこだわる審議会の先生方は、年金官僚の言いなりになっているのではないかな」

香西がうなずきながら言って、もう1杯焼酎をお代わりした。

「大体、年金に限らず審議会とか有識者会議というやつは、ほとんどが官僚の描くシナリオ通りに進むよう工作してある」

香西が本省官僚の〝手の内〟を明かし始めた。

「彼らは、審議会のメンバー選びからゲームに取りかかる。大臣が委員を指名する場合もあるが、嫌な委員が入ってもこれを帳消しにする人選を考える、これが官僚一流の狡知にたけた人選手法だ。われわれはこれを〝霧隠し手法〟と呼んでいる」

香西の目が光った。

「年金官僚を例にとると、基本の改革姿勢はあくまで前例を踏まえて現行制度をちょっぴり手直しすること。これに尽きる。彼らの天下り先に変動を来たしてはまずいからね。彼らは制度を大がかりに変えるような変化をそもそも望まない。君の言う積立方式への改革なぞ頭から否定するに決まってる。インフレになった時、積立金の価値が目減りするとかなんとか、理由をつけてね。

だから第3者委員会の人選には当然、万全の態勢で臨もうとする。結論は全員一致で決めたいが、骨のある改革派委員もいるから思い通りにはいかない。そこで、多数決になった時、年金官僚派の委員が過半を占めるように工作する。

これがイロハだ。7人の委員の場合には、委員長を含め4人が〝改革に反対〟に回ったり、現状の若干の手直し案でまとまるようにする。委員長が大臣の指名で急進改革派の場合は、最終段階で反対派に集結してもらい多数決に持ち込む。

ある委員会で実際にあったことだが、改革潰しの常連が7人中2人いた。その2人は他の委員会にも選ばれている。うち1人は大学の教授で会計検査院OBだ。彼と名刺を交換して驚いた。政府系の委員会の役職を全部で12も兼ねていたからね。新聞の政府機関の事件報道でもコメントしている。NHKの映像にもコメンテーターとしてよく見かけるよ。

この委員は12の委員会、審議会を掛け持ちしているから、通常の会合にはまず出てこない。けれど、結論を出す最終日には必ず顔を出すよ。最終案をまとめる日だからね。ここで一気に改革を潰すか、微温なものに修正する」

香西が、空になったグラスを横に振りながらひと息入れた。

「なるほど、手口がよく分かります」

「こういう人選だから、往々にして途中までは改革論議が盛り上がって最後に萎《しぼ》んでしまうんだよ。それが一番はっきり表れた有名な例は、橋本行革だろうな。橋本龍太郎が首相だった96年に行革会議が設置され、1府12省庁への中央省庁再編を決めたね。

97年8月にまとまった中間報告で、省庁再編と共に郵政民営化を打ち出した。『簡保は民営化、郵貯は民営化準備』という文言で。ところが郵政族が巻き返し、最終報告では『民営化』が郵政事業の『公社化』にひっくり返った。郵政民営化の方針が実現したのは、後の小泉改革でだ」

香西が熱っぽく続けた。

「官僚の手口のディテールを言うと、重要案件の場合、最終案をまとめる最終日を決定的な〝Xデー〟に設定する。それまでの会合では自分たち側の委員は散発的にしか発言しないが、最終日には打って変わって攻勢に出る仕掛けだ。

委員長の改革意志が堅い場合は、こういう脅し文句を用意する。『反対意見もあるから結論は両論併記にして欲しい』と。委員長としてはこれではまずい、なんとかまとめたい。こうやって委員長を動揺させ、改革案を引っ込めさせるか鈍らせる。

議論が真っ二つに分かれた場合は、『ムリしてまとめる必要はない』とやる。行革目的の委員会では、この最終日の土壇場でよく改革シナリオが崩れるのも、事務局の官僚が裏で操っているからだよ」

「なるほど、そういうことですか」。弓田が感心した。

「改革派にとって厳しいのは、反対側とやり取りしているうちに時間が刻々と過ぎてしまうことだ。時間が経つほど妥協を迫られる。

時に定刻を過ぎてもまとまらず、仕方なく別途、少人数の有力委員が役所に休日出勤して臨時の委員会を開くケースもある。が、これにも仕掛けがある。通常の委員会がよくあるように公開していないため、官僚が割って入って会議を差配する」

香西の顔が曇った。次に言うべき言葉を慎重に探しているように見える。

「結局、有識者の第3者機関というのも、官僚が人選する限り、公正な改革論議はムリだ。改革を志す立派な大臣が先頭に立って、改革派委員を委員会の過半数に指名する——そうしない限り真の改革案は実現しない。これが僕の経験的結論だ」

弓田が質問した。

「制度改革の難しさがよくわかりました。すると、官僚の上に立つ大臣が委員の人選に至るまで改革を主導しなければならない、ということですか」

「そういうことです。それしかない」

香西がぶっきらぼうに答えた

「すると、政官複合体の中身は政治が弱く、肝心の有識者会議の人選にしても官僚任せにしていたと」

「そういう構図だ。ここでも官僚主導で決まる。そいつを変えなければならない」

「年金の場合も同様ですね。審議会や委員会が、諮問された改革案をまとめて大臣に報告する。大臣はこれを承認して閣議決定し、法制化を図る。これが改革案が法令となって成立する筋書です。

この基《もと》の改革案を作る有識者のメンバーと改革内容を官僚が操る。これでは、抜本改革なんぞできっこありませんね」

「この種の情報操作・工作と共に、官僚がそもそも国民に情報を知らせない問題。官僚が隠然と情報を支配しコントロールする現実に、風穴を開ける必要がある」

香西が長年の実体験から、官僚の練達した情報コントロール術を語った。

「とは言っても、高齢化と非正規雇用化は一段と進行している。年金はもっと安心できるものでなければならない。制度改革の中でも、年金制度の海外モデルのいいところを取り入れた抜本改革は喫緊の課題だ。もはや現行制度内手直しでは間に合わない」

香西がポツリと言った。

弓田の生存本能が反応した。答えを予期しながらあえて尋ねた。

「僕のような財産なき流民は、老後の生活をまずまずやっていけるレベルにするには、どういう手が最適と考えられるでしょうか」

「答えは一つしかないだろうな」。香西がジッと弓田を凝視した。

「何より一定以上の定収を持つ。その上で余裕が出てくれれば、確定拠出年金に加入してはどうかな？」

確定拠出年金とは、一定額の年金保険料を月々拠出し、年金資金の運用は証券や保険会社などの運営管理会社に自ら運用対象先などを指示して委託する仕組みである。したがって運用額は運用成績次第となり、自己責任においてハイリスクもありうるが、ハイリターンを得ることもある。

一定の給付が保証される代わりに低利率の確定給付年金とは、対照的な企業年金もしくは私的年金である。

年金専門家の香西は、これを勧めたのだった。

弓田はかねがね自分が将来、受け取る年金が国民年金だけなら、生活していけない、身体がいうことを利かなければ生活保護に駆け込むほかない、と考えていた。この延長で、仮に確定拠出年金に加入できるようなら、老後の生活不安は解消できるかもしれない、と漠然と希望を抱いていたのだ。

弓田はこの回答に安堵した。自分の将来の生活不安を幾分か和らげてくれたからである。

（しかし……）と弓田は内心、考え直した。

（この確定拠出年金にしても、掛け金が必要だ。このための資金を稼ぐ――それには、一定額以上の年収が絶対に必要だ。それには、いまの俺のような非正規を続けるわけにはいかない。しかも……）と、胸の内でモノローグを続けた。

（しかも、いまでは俺の生活に、新しい要素が加わった。愛する女性が颯爽《さっそう》と登場した。もはや彼女なしでは俺の生活は考えられない……）

弓田が視線をぼんやりと遠くに投げた。その彼方に、彼女の微笑む表情が浮かび上がった。

およそ7カ月後、同じ居酒屋「友よ」の一隅で2人は再び向き合い、談笑していた。香西が生ビールを持ち上げ、珍しく力強い調子で声をかけた。

「きょうまでご苦労さん。8カ月の契約期間なんか、アッという間だね。新人なのに、よく頑張ってくれた、というのが僕の正直な感想だ。

面と向かっては言わなかったようだが、みんな君に感謝していた。なんでか分かるか。一番感謝している理由は、お陰で有休とか育休とかが取りやすくなったからだよ。係長の青山が言っていた。〝女房が子どもを生む前の日からきちんと育休を取れたのも、弓田のお陰だ〟ってね。

僕も長年、契約社員やパート・アルバイトを見てきたが、君のように仕事に熱心に取り組んだ者はいなかった。社員にとっても、いい刺激になったんじゃないかな」

香西が敬意の眼差しを向けた。

「うれしい誤解です」。弓田が返した。

「僕にとって最大の収穫は、日本の年金制度とその運用ぶりがじつに頼りにならない。そのことを直接、現場で学んだことです。年金相談に乗ったり、職場のコミュニケーション不足や規律のなさを見て、このままでは大変だ。自分たちを含め非正規の若者の将来の年金生活は、悲惨に過ぎる。非正規はいずれ貧困高齢者になることを運命づけられている、と実感しました」

弓田が率直にぶちまけた。

「ここで働いて得た経験。これが何より大切な僕の資産ですから、これを持って次のステップに進めます」

弓田の目がキラリと輝いた。

「ほう、次のステップ？　次がもうはっきりしている、ということは、定職が決まったということかな？」

「まだその一歩手前ですが、旅人にたとえるとあと1泊、2泊すると定住地に辿り着く。そういう状況です。最後の宿は、おそらくメガバンクでしょう」

「メガバンク？　そこに非正規として就職することが決まった、ということかな？」

「方向が固まった、ということです。そこで1年ほど宿を取って実地の勉強をします。その後《あと》、定住の地に入る予定です。

といっても、こういう身ですから、本当にそうなるかどうかは定かでありません。あくまで僕が頭に描くシナリオです」

「人間、しっかりとシナリオを描けば、その通りにいくものだよ。君の能力なら、きっと実現できる」

香西がいつものように励ました。

「今回のシナリオは多少自信があります。僕は人生を旅と見ています。20代の頃はよく行き先を間違えたり、道を間違えましたが、だんだん――自分で言うのもおかしいですが――勘の働くプロの旅人になってきました。経験という資産のお陰です。

旅をしながら考える。旅をすると考えが浮かぶ。これが旅の醍醐味です。旅に出てアイデアやインスピレーションを得る。松尾芭蕉も『奥の細道』を旅しながら、感受性を研ぎ澄ませて感動の俳句を次々に作り上げましたからね。

『五月雨を　集めてはやし　最上川』

これは僕の大好きな句ですが、詠《よ》んでいると自分が小舟に乗って流されているかのように感じます。旅はじつに素晴らしい」

弓田の話が脱線しかけた。そのまま夢中になって話を続けた。

「この旅を仕事にたとえると、色々と経験を積むには、非正規はある意味、メチャクチャに旅ができます。危ない旅も多いですが、業種を注意深く選べば変化に富んだいい旅ができる。いつしかそう考えるようになりました。次の宿はあそこに決めて、辺りを見て回ろう――というふうに想像すると、奥の細道のような楽しみが出てきます。職業遍歴は、人生のいい旅巡りです。

僕は非正規の身だからこそ思いっ切り旅が楽しめる。そう考えると〝非正規もまんざら悪くない〟と思い直しました。といっても、非正規の旅をいつまでも続けるわけにはいきません。そこで、こう結論を出したのです」

弓田が香西の好奇の目を真っ直ぐに見た。

「旅先を選べて元気な若いうちは旅を続ける。30代半ばがターニングポイントになる。そこで切り上げて定住生活に入ろうかな、と。定住生活では、旅の発見とは違う、別の発見があるに違いない、と。

幸い、メガバンクでは銀行の頭脳部分の企画立案をお手伝いすることになりそうです」

「それを聞いて安心した」。香西がフッとため息を漏らした。

「非正規の経験は、はじめは悲劇と思っていましたが、やがて悲喜劇に変わり、最後はどうやら拍手で終わりそうです。『非正規の知られざる旅』というエッセーがいずれ発表されるかもしれません」

弓田がニヤリと笑い、香西も「そいつはいい」と言って笑みを浮かべた。

「僕は近頃、想像力を働かして自分の死に臨んだ場面を思うのですが、最期にどういう言葉を残すのか。ゲーテの『光を。もっと光を』はじつに素晴らしい。ですが、僕は心情的には、やはり芭蕉の句に惹かれます。

『旅に病んで　夢は枯野を　駆け巡る』

「このような心境で、僕も終わりたいですね」

香西は（随分、先走ったことを言う）と内心思いながら、「分かる気がする」と応じた。

最後に注文したコーヒーを飲み干すと、香西がこの夜の会合をひと括りした。

「大変、実のある会合だった。ちょっとした驚きの連続だった。『古池や　蛙《かわず》とびこむ水の音』という心境になって拝聴したよ」

そう言うと、香西はうれしそうに笑い、弓田に手を差し延べた。

Ⅳ　学校

1.　知的伝道者

非正規雇用の悲劇は、学校でも起こっていた。このことは「悲劇は産業界に蔓延しているが、教育現場は別」と単純に考えていた弓田に衝撃を与えた。

弓田がそれを知ったのは、電機メーカーでの短期雇用を終えてブラブラしていたある日、街頭で受け取ったチラシがきっかけだった。

チラシには、埼玉県の臨時教職員制度を告発する内容が書かれてあった。興味をそそられて読むと、市民集会の知らせに目が留まった。

弓田はこれに参加して当の非正規雇用教師にも会い、その雇用実態をつぶさに知った。それは弓田も直面する共通の問題をあぶり出した。

「ねぇ、山岸先生のこと聞いた？　今度、うちらの高校を辞めて中学校の先生になるんだって。前にも小学校で教えたり、転々としているようよ」

瀬川舞が、英語教師の山岸康夫が生徒らに背を向け、ホワイトボードに英慣用句の綴りを発音しながら書いていている時に耳打ちした。山岸のかん高い声が響いた。

「そう、〝いい話〟とか〝いいね〟、〝凄いね〟と相手に相づちを打つ時、よく使われるのが、これ。〝It sounds great!〟こう言って話に乗る」

生徒たちは一斉にこのフレーズをノートに書き留めた。

山岸は埼玉県立高校の常勤教員である。早耳の舞は、山岸が近く県内の中学校に転任するとの情報を友だちの吉永芳実に伝えたのだ。

「本当？」。芳実が目を丸くしてそっと聞き返した。

「だって、来てまだ1年も経ってないじゃん」

授業終了後の昼休みに、舞は芳実にこの奇妙な転任事情について話した。

「非正規職員だから、って聞いた。非正規だと安定しないみたい。資格の関係かしら。高校から中学に行くなんてかわいそう」

「で、小学校で教えていたこともあるって、本当？」

「そのようよ。どうしてかは知らないけど、小、中、高とたらい回しにされてるみたい」

「でもどういう事情があるのかなあ？　いい先生なのに」

芳実は怪訝な表情を浮かべた。

舞の情報は間違っていなかった。山岸はすでに30年にわたって非正規教師の人生を歩んできた。今年53歳。転々としたのには理由があった。それは山岸が最長で2年、通常1年契約の常勤講師だからだ。つまり、有期雇用でフルタイム勤務になる。

非正規雇用なのに、正規教師と仕事の内容は変わらない。担任として教壇に立ち、授業をし、生徒を指導し、相談にも乗る。ただし職員会議には参加できない。

正規教師との相違は、非正規教師はいずれも有期雇用で給料が格別安い点だ。いまの職場で働く教員は70人余り。うち13人が非正規雇用で、その中で山岸ら常勤講師6人、非常勤講師7人という内訳だ。山岸が正教員になれないのは、埼玉県の採用試験に合格していない、この1点のせいである。

山岸は「頑張り屋」を自認している。ところが、いくら頑張っても待遇は上がらないし、雇用は期間限定だ。

転任を繰り返すうち、いつしか結婚の機会も失った。一度、同僚から紹介された女性を大いに気に入ったが、経済事情を知った相手の方から身を引いた。

わびしい独り暮らしを続け五十坂を越えると、「こんなはずではなかった……」と理不尽な思いにさいなまれる。

(これって不条理だ)。山岸は学生時代に愛読したジャン・P・サルトルの実存主義哲学からこの言葉を引用した。

山岸は勤務休みなどで独りでいる時に、ふと悪夢のような思い出が甦る。その思い出がひどいトラウマとなって、やりきれなさを募らせる。

それは3年前の勤め先の忘年会での出来事だった。当時、彼はさいたま市の中学校で英語を教えていた。

山岸にとって忘年会の会費5千円は大きな負担になる。月収で手取り20万円足らずの身であれば当然である。参加するかどうか、で相当に思い悩んだ。古くからの職員でないから顔なじみは少ない。雰囲気に親しめそうにない、楽しめそうにない。

しかし結局、山岸は思い切って参加を決めた。当時、校長から呼ばれて、こう要請されたからだ。

「山岸さん、1人、常勤の教員に事情があって退職することになった。この穴埋めに、と言っては失礼だが、あなたの能力を見込んでぜひともお願いしたい。期間限定の来年4月のところを3カ月間、7月まで任期を延長してもらえないだろうか。引き受けていただければ、その後の仕事はわたしが責任を持って探す」

校長がそう明言したのだ。

山岸の愁眉《しゅうび》は開かれた。(校長がそう請け合ったからには、間違いないだろう……)

だが、口約束は実現しなかった。校長はきれいに忘れてしまい、思い出しもしなかった。

「そんなこと、言いましたっけ」。これが任期延長の末、いよいよ辞める1カ月前に校長が山岸に伝えた回答だった。返事を期待していた山岸が語気を荒げた。

「エッ、言いましたよ! 僕にはっきり。『仕事はわたしが責任を持って探す』と。それで延長に同意したんです。それは、ないんじゃないですか?」

「ご免なさい。全く記憶にない。新しい仕事、と言われても……申し訳ない」

校長は深々と頭を下げた。山岸はあきれて、言うべき言葉を失い、茫然と校長を見た。校長はもう一度、頭を下げた。

山岸はたびたび現れるこの記憶を、最初の頃は努めて消し去ろうとした。（忘れよう）と、脳裏に現れたホワイトボードの画像をイレーサーで何度も拭ったものだ。

しかし、この記憶が重要な意味を持つことにふと気づいた。

（そうだ！　これは「負の遺産」なのだ。世界遺産にもあるアウシュヴィッツ強制収容所と同じ、僕の負の遺産。大事に保存しなければいけない）

山岸はそう決めた。それから、この遺産に意味を与える作業が始まった。（どうして、これが僕の負の遺産なのか？　その意味を掘り下げて考えてみなければ……）

こういうひどい目に遭った経験が内包する〈意味〉とは？

山岸はA4のコピー用紙を取り出し、マジックペンで大きく答えを書いた。

1．校長の一存で非正規教師の運命が決まる。

「なるほど、その通りだ」。書き終えて、文章を眺め、山岸は独りごちた。「次にこうなる」とつぶやくと、二つ目に移った。

2．非正規教師は風に舞う木《こ》の葉である。ヒラヒラと転居して定まらない。

「そう、それが生活の形……定まらない」。こうつぶやいて、ヴェルディの歌劇「リゴレット」を想い起こした。それから大好きなあの部分をそっと歌った。

「♪風の中の　羽《はね》のように　いつも変わる……」

この後に続く歌詞「女心」を、「僕の仕事」に置き換えて口ずさんだ。

「♪……いつも変わる　僕の仕事」。フン、その通りだ——山岸は妙に感心して、もう一度繰り返した。

さっきまで凍てついていた気分が、次第に和み高揚してきた。こういう経験は、これまでもよくあった。非正規雇用の定まらない職場に一見、温和な表情をして勤め続けられたのも、二つには歌の「息抜き」があったためだった。

「歌うことは楽しい、楽しいから歌う」。職場の同僚たちから趣味について訊かれた時、山岸は破顔一笑してこう答えた。

「歌は内なる力を解放する。民衆の悲運さえ救う。バビロンの捕囚《ほしゅう》の話をご存じかな？」

ある日、職場でこの話をすると、相手は煙に巻かれたような顔をした。それを確認して、おもむろに次の話に進んだ。

「西暦前6世紀のこと。ユダ王国の首都エルサレムが新興バビロニア王国のネブカドネザル王に征服された。ユダヤ人たちは囚《とら》われの身となってバビロンに連行され、この地でおよそ50年も捕囚の生活を強いられた。この歴史的事実は知ってるよね？」

社会科の担当教師が口を挟んだ。

「旧約聖書にあるね。バビロンはエルサレムを攻略した時、イスラエルの王ソロモンの宝物を持ち出したという……」

「その通り」。山岸の目が輝いた。

「そう、先生のおっしゃる通り、ダビデの子ソロモンの宝はバビロンに持ち去られた。ユダヤ人はごっそり捕囚の身となって奴隷同様の仕打ちを受ける。大変な状況の中で、捕囚たちはどうやって耐え、エルサレムに帰還する望みをつないだか――」

こう言うと、山岸は得意気に社会科教師らを見回した。

「答えは、歌の力です。歌がユダヤの民を救ったのです」

山岸がキッパリと言った。

「彼らは脱走や謀反《むほん》を企てたりしないよう、バビロンの兵士の監視下に置かれていた。下手に言葉のやり取りはできなかったのです。が、歌や祈りは許された。彼らは会堂で祈り、歌った。歌の中の歌詞に望郷の思いと帰郷の夢を盛り込んだ。そして〝神はわれらを見捨てない〟とか〝さあ、耐えて、その日の来るのを待とう〟などと呼びかけた。歌が民を勇気づけ、団結させたのです。歌が打ちひしがれた捕囚たちに生きる力を吹き込んだ。一説によると、これが今日の歌劇の起源だったという話」

「へぇー、驚いた。そういうことか。歌がユダヤの民に、生きる希望を与えた。いつかハリウッドで映画化されるかもしれない」

黙り込んで聞いていた年配の数学教師が、声を上げた。ふだんは目立たない山岸が、珍しく脚光を浴びた瞬間だった。

この出来事を、山岸は後生大事に記憶している。抑圧している悪夢の記憶とは対照的に、「正の遺産」として大切に保存してある。山岸は、この時の同僚たちが自分に向けた一種の尊敬の眼差しを忘れない。実際、社会科教師などは、それ以前の無関心だった態度が親しげに変わり、よく話しかけてくるようになった。

山岸は、これを追憶する度に自分自身の教養にほんの少し誇りを感じる。そして（教師という職は悪くない。こういう立場だから、勉強して教養を深められる。皆を感動させることができる。自分の性《しょう》は教師に合っている。教育が好きなのだ。ずっと教師であり続けたい……）と強く願う。

（だが、職場を転々とする非正規教師では、哀れというほかない。どんなに頑張っても、根なし草で、安い給料は変わらないからな。ひどい。あまりに不条理だ）

山岸は改めてそう思いながら、背筋を伸ばして座り直し、マジックペンで三つ目を書いた。

3. 非正規教師は非正規のまま身分を固定され、安く使い捨てられる運命にある。

（そう、ここだ、重要な部分は……非正規教師は現代身分社会の最下層なのだ。江戸時代の士・農・工・商の商の階層だ。いや、それよりも悪い。商はカネを持ち、紀伊國屋文左衛門のような大金持ちにもなれたが、われわれ非正規教師はそうはいかない。俺のようにうだつが上がらないまま、もがき続ける。……これでは不条理だ、あまりに不条理だ)

山岸がまた「不条理」という言葉を使った。彼がこの言葉を一度《ひとたび》使うと、エンジンがかかったように発想が展開する。

(厄介なことに、それでなくても大変な非正規教師の業界に新たなライバルが最近、登場した……)

山岸はこのところ自分たち非正規教師の置かれた立場を「業界」になぞらえている。理由は、その身分が固定化してしまい、「正規」という上流階層にはのし上がれないからだ。

(ライバルどもはフルタイムで仕事の内容もわれらと変わらない。なのに、われらから遥かに格上の待遇だ。現役時代の給与の3分の2、月給27万~28万で雇われる)

ライバルとは定年退職した60歳以上のベテラン教師たちだ。「再任用」され、その数は年々増えている。この再任用教師が優先的に採用され、非正規教師の仕事は削られがちだ。

最近もこういう例があった。他校の英語の若い非常勤講師のことである。なかなか真面目で生徒の人望も厚かったが、わずか2年足らずで辞めてしまった。

別の再任用された正教師に取って代わられたのだ。その若い非正規教師は4校を掛け持ちしていたため、失業することはなかったが、夜はコンビニでバイトしていると聞いた。

逆境は、ますます険しくなっているように見える。

しかし、山岸はこう分析しているうちに、「それでもなお……」と、自ら選んだ教師の職について誇らしい気分になってきた。自分たち教師はある意味、最新の知識を生徒らに伝授する一種の改革勢力ではないか、自分がその中の知的労働者なのではないかという思いがふいに芽生えたからである。

（知的労働者、つまりknowledge worker《ナレッジワーカー》だ。まぎれもなく21世紀の知的伝道者なのだ）。山岸は誇りを取り戻し、発想を進めた。

（ならば、自分がその1人としてもう少し頑張ってみるかな）

山岸は右の拳で左の手の平をパチンと叩いた。毎回のように、みじめだった自分を見詰めた後、最後には奮い立たせるパフォーマンスだ。

2. ブラック自治体

山岸の非正規雇用の状況は、このようなものだった。それはしかし、自分個人を超える問題でもあった。

ここが重要なポイントだ、と弓田は思い至った。つまり、非正規雇用者はどういう職種であれ共通の不利な立場に置かれていること。その立場とは「低待遇・不安定雇用」である。

公務員の世界にも、非正規の悲哀がある。地域住民に公共サービスを提供する地方自治体に働く非正規公務員は60万〜70万人といわれる。ざっと公務員3人に1人の割合だ。その年収は平均で200万円にもならず、雇い止めの危機にもさらされているが、常勤職員に代わって同じ仕事をこなしているケースが圧倒的に多い。

正規公務員に代わって嫌な役を演じる代行ケースも実際にある。市役所に生活保護を申請しにやって来た住民に、非正規公務員が応対し、こう告げる——「申請は受け入れられない。何とか仕事を見つけて働いてほしい」。自身がワーキングプアの不安な身である非正規公務員に、正規公務員の上司が財政難から安易に申請を受け取らないよう指示しているのだ。公共サービスから締め出す役を非正規に押しつけるのである。

公務員の「特別職非常勤職員」。自治体がこの名称で任用し、勝手に法解釈して長年勤務した非正規を雇い止めとし、退職手当を1円も支払わなかったケースもある。

中津市に33年間勤め、60歳で雇い止めとなった学校司書職員は、支払われなかった退職金の支払いを求めて訴訟を起こした。対して被告・中津市は、「退職手当の適用は一般職に限定される」と主張、1審の大分地裁はこれを認めて被告勝訴とした。しかし2審の福岡高裁は2014年、「地方公務員法の解釈を誤った任用。勤務内容は正規職員と異ならない」と原告の主張を認め、逆転判決を言い渡している。

こうした「ブラック企業」ならぬ「ブラック自治体」も、全国にはびこっているのだ。

弓田は日曜の朝、ファミリー・レストランを訪れ235円のコーヒーをお代わりして、久しぶりにくつろいだ気持ちで考えを巡らしていた。

（だが、非正規の不運は俺に限らない。固定化した社会階層の最底辺だからな。若い男の5分の1、女と中年を入れると就業者の5分の2がいまやこの階層に属している。

この底辺層は膨らみ続ける。てっぺんの超富裕層、富裕層、中間層、貧困層の全階層中、唯一、顕著に増え続けている。やせ細る中間層から落ちこぼれてくるからだ。この貧困層の中核に、われら非正規がドンといる、というわけだ）

「井の中の蛙、大海を知らず」という諺がある。弓田は自分がまさしくこの通りだったと、しみじみ思う。非自発的な非正規雇用者の悲哀というものも、一つの業界に身を置いていたのでは、正規雇用者との〝階級の壁〟がピンと来ない。幾つもの業界にわたって職を転々としてみて、ようやくその悲哀が心底、理解できるようになる。

非正規教師の山岸との会話で、弓田は教育現場にも階級の壁が張り巡らされていることを知った。自動車や電機メーカー工場のように、景気が良くなって増産しようにも人手が足りない。そこで公募して臨時工を雇う。臨時工は有期雇用を承知の上で応募し、日当を貰い、期限いっぱい働く。こういう納得ずくのケースなら問題ない。同じ労働条件なのに安月給――などという非公正な差別は生じない。

ところが、いまや階級の壁はあらゆる業界にあると見なければならない、と弓田は結論づけた。

（これは21世紀版ベルリンの壁だ。違うのは、これが目に見えないことだ。この壁は法律で作られたものでない。グローバル経済競争と長期デフレ不況の産物ではないか……）

弓田は突き詰めて自問してみた。（基本的に苦しくなった企業経営が、人件費の固定費を削ろうと躍起となってやったものだ。リストラして正規雇用者を大幅に削減し、非正規に置き換えていったケースが典型的な例だが、この雇用モデルが産業界に普及していったのだ）

非正規雇用はむろん、どこの国・地域にもある。というより、経済活動がある限り資本による雇用が生じ、その多くが非正規雇用である。日本で近年、非正規雇用の問題がクローズアップしてきたのは、総雇用者の4割にまで増加したその規模と、年金にまで広がった、不公正さのせいである。

山岸先生との出会いは、弓田の非正規雇用に関する視界を大きく広げ、その認識を一変させた。

「どうやら俺の属する非正規雇用者は固定化した階級になったようだ。社会最下層の階級に」。弓田はいまいましげにつぶやき、2杯目のコーヒーの残りをゴクンとひと飲みした。

弓田は、評判を呼んだトマ・ピケッティの『21世紀の資本』を持って来た。1冊、税抜き本体で5500円もする高価本だが、思い切って買った。じっくり精読する価値があると思えたからだ。

弓田は読みながらメモ帖に「r>g」と改めて記した。

この不等式が意味することは、「株や債券、不動産などへの投資による資本収益率（r）は、歴史的に経済成長率（g）を常に上回る」ということである。つまり、資本の成長率は労働によって得られる賃金の成長率を常に上回るから、放っておけば中間階層はやせ細っていき、「富める者はますます富む」こととなる。

同書は、フランス、イギリスをはじめ米国、日本、ドイツなど主要先進国の富の分配の力学を分析したものだ。税務データなどを基に15年の歳月をかけている。

その分析の結果が、不等式「r>g」である。富の格差は時代と共に伸びたり縮んだりしながらも構造的に拡大する、とピケッティは結論した。だから、ひと握りの富者がいまや一国の富の大半を――米国の場合、富者の上位1割が国全体の富の7割強を握るひどい格差社会になったという。

この「r>g」をピケッティは「資本主義の中心的な矛盾」とみなした。格差是正の処方箋として、彼は世界的な累進資本税を提唱した。

弓田はピケッティの主張にすっかり魅了された。(最初の出だしからしていい）とつぶやきながら同書冒頭に引用した、フランスの人権宣言第1条をそっと口ずさんだ。

「社会的差別は、共同の利益に基づくものでなければ、設けられない」

これはフランス革命時の1789年8月に憲法制定国民議会によって採択された。人間の自由と平等、国民主権、言論の自由、三権分立、私有の権利など17条から成る宣言である。

宣言は1776年7月のアメリカ独立宣言やこれに先立つバージニア権利宣言に触発されたもので、そこに盛られた基本理念が後に発達する民主主義のバックボーンになる。

アメリカの独立宣言、フランスの人権宣言に多大な影響を与えたのが1776年6月に採択されたバージニア権利宣言である。その第1条には「すべての人は生来等しく自由かつ独立している」と記され、生命と自由を享受する、奪うことのできない人の権利を謳っている。

革命の概念も記してある。当時のバージニアの人民がイギリス帝国に対し反乱し革命を起こすことができる権利についてだ。権力の所在に関しても宣言した。「すべての権力は人民に存し、従って人民に由来するものである」

そしてあるべき統治機構として、早くも三権分立を提唱している。「国家の立法権及び行政権は、司法権から分離かつ区別されなければならない」

弓田は、230年近くも昔のフランスの人権思想と現代ニッポンのそれとの落差に唖然とした。日本の近代化は人権への尊厳なしに、個人の権利などは無視して全体主義で進めたのではなかったか——と改めて思った。そしていま、この超国家資本主義が再び幅を利かせてきた。個人の意思はことごとく傲岸不遜な国家意思によって無視され、抑圧される。そういう嫌な時代が再びやって来たのではないか。

彼はいまやこの社会の最底辺層にわが身が置かれていること、そしてその立場が階級的に固定化され、脱出しようにも鍋底から永久に這い上がれないかもしれない恐怖を感じたのである。

（苦境にあえぐ非正規雇用者たちよ。君の経済的苦しみに終わりあれ。君の精神的苦しみに栄光あれ。全世界の虐げられし非正規雇用者たちよ、立ち上がれ！）

内心そう叫んで、弓田はピケッティの本をパンッと勢いよく閉じた。

Ⅴ　メガバンク

1．本郷の紳士

「オイ、そこの派遣、早くせんか！」。総合企画部第一課長の鳴海《なるみ》俊太郎が資料を整理している弓田に大声を張り上げた。先ほど頼んだ「新金融商品の特徴と商品リスト一覧」のコピーがなかなか届かないことに、苛立って怒鳴ったのだ。

鳴海は普段は控えめで洗練された物腰から「本郷の紳士」と揶揄《やゆ》されることもある。「本郷」と付くのは、東京大学法学部卒だからである。

鳴海が激昂する場面を日頃見ることはないため、そこに居合わせた部員が驚いて、一斉に鳴海や弓田に視線を投げた。弓田も同様にのけ反って、鳴海の方を振り向いた。

弓田の驚きには、しかし、怒りの感情が入り混じっていた。自分はたしかに正社員ではないが、派遣社員ではない。「有期限雇用」、つまり会社の決める一定の期間の雇用契約を結んだ契約社員である。間違えてはいけない――一瞬、弓田はそう思ったが、はやる気持ちを抑えて即答した。

「いま、お持ちします」

資料の頁が順不同と気づいてきちんと整理し直し、指示されたコピー10部を取るのに意外に手間取ったのだ。

鳴海はプレゼンのため役員室に呼ばれている。間もなく資料を手に行かなければならないが、その前に一応、目を通しておく必要があり、ジリジリして待っていたのだ。

弓田が振り向いた瞬間、鳴海はすでに冷静さを取り戻し、何事もなかったようにデスクワークに向かっている。

弓田が頭を下げて言った。

「遅れて申し訳ありません。資料が不揃いだったもので……」と、説明に入った途端、鳴海が右指を立てた。もういい、分かった、という合図だ。それからそっけなく言った。

「次の懸案に取りかかってくれ」

次の懸案とは、バブルの弾けた中国の経済情勢の現状と見通しに関するレポート作成の協力である。

鳴海が舌の根も乾かぬうちに「次のテーマ」に言及するのは珍しくない。部員たちはこれを「課長得意の急速展開」と呼んだ。

鳴海はたしかに一見、洗練された紳士に違いない。だが、一皮剝《は》ぐと野性味のあふれるオスが現れる。それは遺伝子によって継承されたものだった。

その鳴海を弓田はいまや完全に理解した、と思った。

（そう、これが鳴海俊太郎のもう一つの素顔なのだ。鳴海の頭の中では俺は単なる〝そこいらの派遣〟に過ぎない。鳴海は有能な実務家には違いないが、血の通わない冷血男らしい。権勢欲に凝り固まった男のようだ。聞くところによると、やつは……）

弓田はトイレに行き、密室でしゃがみながら思い起こした。

（やつは頭取でCEOの鳴海英介の長男だという。なるほど、顔以上に性格がそっくりだ。鳴海英介については次長がこう言っていた。「プロ中のプロサラリーマン」だと。出世するために権力者に付き添い、忠誠を尽くして階段を上り詰めたヒラメの典型という意味だ。凄いところは、派閥の力の消長を察知し、いつも主流について離れない、敏感な人事センスらしい。このセンスが、鳴海英介を頭取に押し上げた。なるほど、大企業ではそういう出世至上主義者が出世していく……）

弓田は次いで上司に相当する鳴海俊太郎に分析のメスを入れた。

（さて俊太郎だが、こいつは親父よりも場数を踏んでない分、正体はまだはっきりしてない。が、いずれ出世街道をばく進するうちに本性を磨いていくだろうな。その本性はさっきとっさに口走ったセリフに表れた。〝オイッそこの派遣〟――フフフ、役者の人柄が十分出ている）

カラオケでデュエットを1曲歌い終えた鳴海俊太郎は、上機嫌で弓田の隣の席に戻って来た。鳴海の女性新入社員とのデュエットは、拍手喝采を浴び「アンコール！」の声が飛び交った。

　この日、入社から研修後3カ月遅れで新入社員歓迎会が部内で開かれ、全員が二次会に繰り出していた。

　鳴海が頬を紅に染めて言った。

「今宵は実に素晴らしい。とりわけ今宵のエッちゃんは格別だね。そうだろう？　エッちゃん」

　弓田の隣に座っていたエッちゃんと呼ばれる新入社員は、戸惑った様子でうつむいた。

　鳴海が満面に笑みを浮かべて、声量を1オクターブ上げた。

「エッちゃんは、ふだんは魅力を隠している。いわば陰徳の人だ。でも分かる人には分かるよ」

　鳴海が卑猥な笑みを浮かべ、新入社員の横顔に見入った。新入社員の横山恵利はじっと俯いている。鳴海が嬉しそうに身を乗り出した。

「エッちゃん、今宵は楽しい？」

「……ハ、ハイ……楽しいです」

　彼女の可憐《かれん》な応答に、鳴海はますます満足感を覚えた。

　鳴海俊太郎にとって、恵利は癒しの人だった。オフィスで見る彼女は、愛らしい。側にいると気分が浮き立つ。彼女がキーボードを優雅な指で叩くのを見るのが、鳴海の毎日の

楽しみの一つとなっていた。(彼女は俺にとって、一種の清涼飲料だな)

「エッちゃん、エッちゃんの好みのタイプは?」

鳴海が絡んできた。「いま検索中です」と、とぼけながら恵利は(そろそろ酔っ払ってきたな)と眉を寄せた。

以前結婚する前に、しつこく鳴海から言い寄られたことがあると、つい最近、先輩の女性社員から聞いた。思い出すたびに、鳥肌が立つという。

「エッちゃんは歌がお好きでしょ?」。鳴海が頭を揺らしながら再び訊いてきた。

「エエ、……」

「ではお頼み申す。拙者と歌ってくだされ」

鳴海が頭を下げた。「この通りでごわす」

恵利がうなずいた。

「じゃあ、行こう。愛が生まれた日」

恵利が黙って立ち上がり、鳴海の差し出す手を取ってマイクの前に立った。

曲が流れ出し、ディスプレーに文字が現れた。

♪恋人よ　この腕の中
鳴海はデュエットの間、左腕を恵利のくびれた腰に回しながら囁いた。

「エッちゃん素敵」。恵利は聞こえないふりをして歌っている。

恵利はしかし、鳴海の二重人格のような言動を意外とは感じなかった。同僚から数日前、「鳴海さんて、ある人から聞いたけど、ジキル博士だって。夜が来るとハイドになる」と耳打ちされたからだ。

なるほど、デイタイムの謹厳実直で冷静な鳴海といまのとでは雲泥の差がある。恵利は人間というものの複雑さ、多面性を垣間《かいま》見る思いだった。(でもそれって面白い)

鳴海がまたデュエットの合間に彼女の耳元に囁いた。

「あなたには心がときめく」

(本当にときめく? だったらいいけど)。恵利はふと、自分が主役になってみたいと思った。

「ときめきって素敵ですね。いつもときめいていたい」。恵利が鳴海にそっと耳打ちした。女は急に変わるのか――鳴海は恵利の突然の変わりように混乱したようだった。

この結果を後に、

(それは恋の炎かもしれない。ときめきとは恋の炎だから。〝いつも、ときめいていたい〟とは恋の炎に身を焦がしたい、という思いだ)と分析した。

鳴海は恵利の反応に手応えを感じながら、ある種の戸惑いも覚えたのだった。

4カ月後、弓田誠に横山恵利からメールが届いた。「いつもお仕事で貴重なアドバイスをいただき、感謝しています。ご迷惑をおかけしますが、ぜひ個人的な相談に乗っていただきたいのです」という内容である。(個人的な相談？　社歴が浅く、正社員でもない自分になぜ)と思ったが、引き受けることにした。

数日後の土曜の午後、弓田は東京・都心のコーヒーショップで恵利の相談に乗ることとなった。

会ってみると、恵利は入社したての頃に比べすっかり社会人らしくなっている。

「ご相談したいことは……」と恵利がコーヒーをひと口飲んで切り出した。

「新入社員歓迎会を覚えておいでと思いますが、あの後いろいろありました」。恵利が、弓田の目を真っ直ぐ見た。

「想像がつきます。鳴海のことでしょう？　彼は二次会で相当、あなたに熱を上げていた。正直、昼間の彼とは別人のようだった。彼、飲むと酒乱になるのかな？」。弓田が鳴海の別の顔に言及した。

「そうなんです。私も驚きました。でもあれからもっと意外な驚きが続きました。いままでは彼を二重人格者だと思っています」

恵利が鳴海を「二重人格者」と断言して、キッと唇を結んだ。

弓田が目で話の先を促した。

「彼は翌日、メールでデートに誘ってきました。土曜の夕のN響のコンサートを一緒に楽しみたいと言うのです。曲目はストラヴィンスキーの『春の祭典』やラヴェルの『ボレロ』でした。メールには、それぞれの曲が詳しく解説されていました。

わたしはつい引き込まれて誘いに応じてしまいました。お酒の席ではあんなでしたが、仕事で見せる彼の能力やパッションに魅力を感じていましたし、彼が独身であることにも正直、惹かれていました。

じつを申しますと、申し上げにくいことですけど、初めてのその日に深い関係になってしまったのです。彼の巧みなリードで、自分自身を見失ってしまった、というより、自分から衝動に身を任せてしまったのかもしれません」

と言うと、恵利は微笑んだ。それは弓田には謎の微笑に思えた。というのも、嘆きの中に歓びのニュアンスを感じ取ったからである。

「そうなんです。わたしは26のいまになるまで、世の中のことも男のことも、分かっていなかったのです。彼とつき合ってみて、自分が大人の女になったことを知りました。禁断の実を食べてしまったように……」

（禁断の実？　旧約聖書にあるアダムとエヴァが食べた禁断の実。そう言えば、彼女は母が熱心なクリスチャンと聞いている……）。弓田が咄嗟《とっさ》に推理を巡らした。

彼女の声が響いた。

「その最初の日以来、彼はわたしの中に棲《す》み、出てゆかなくなりました。心と体の中に棲み、根を張っていったのです。はじめの頃、彼のすべてを受け容れました。何もかもが新しい体験となり、知識となりました。

すべてを肯定して受け容れる、――わたしにとって初めてのことで、これが幸福なのだ、と思いました」

涙が彼女の切れ長の目を濡らした。涙を右の指で拭うと、

「ところが、ある日突然、彼のもう一つの別の顔を知ってしまったのです」

と言うなり声を詰まらせ、むせび泣いた。コップに水を注ごうと近づいてきたウエートレスが、驚いて立ち尽くした。

「失礼しました。お許しください」

恵利が涙を拭いながら、弓田とウエートレスを前に頭を下げた。

「少し話題を変えましょう」。弓田が取り成した。

ウエートレスが去った後、弓田が尋ねた。

「彼のもう一つの別の顔、と言うのは想像できます。冷酷で計算高い顔でしょう？」

「その通りです。熱が冷めてしまうと、冷たくなるばかりの冷血な男。真逆の別人になってしまうのです。

その別人が目の前で突然に現れる。前のは仮面であるかのように、脱ぎ捨ててている。

人格剝離《はくり》というか、人格分裂というか、彼は人間性が表から裏に急激に変わってしまう。でも、自分自身はそれに気づいていないようなのです。変わったという認識がないようなのです。これって、二重人格ではないでしょうか。

彼はよく〝人は自分に忠実でなければいけない〟と言っていました。その通りだと思います。でも彼の場合は、自分に忠実に、天使と悪魔の間を行ったり来たりしているのです」

「天使と悪魔の間を？　神性と悪魔性を行き来する。小説のキャラクターのようですね。ダン・ブラウンに出てきそうな」

「神性と悪魔性。そういえば、彼はある時、この正反対の核が触れ合うと、本物の創造力が現れる、と言ってました。神性と悪魔性は互いに刺激し合うとも。たしかニーチェの言葉を引用していました。〝木は高みに、天に向かって伸びれば伸びるほど、その根は深く地中に、奈落に向かって降りて行く〟と」

「フフフ、それは間違いなく真理だろうね。問題は創造行為には至らず、根をひたすら暗黒の中に、地獄に向けて張り巡らせて行く手合いだ。天上には決して向かわず、奈落を目指す。そういう悪魔性は破壊あるのみだ。破壊はまず、肉親や恋人のような周辺に及ぶ」

「分かります。彼はある時を境に、性質を悪魔性にスイッチしたのです。その境とは、あるオファーを会社のトップ筋から受け取った、その時です。あのオファーで彼の性格は一変しました。私は以後、完全排除されてしまったのです」

「それはどんなオファーなのかな」

弓田が先を促した。

「ひと言で言うと、この女と結婚して欲しい、考慮してもらえないか、というオファーです」

恵利がきっぱりと言った。

「オファーを出したのは、いまの頭取派の某役員です。頭取の意向を受けてやったもの、と聞いています」

「で、そのオファーがあったことは、本当に信頼できる筋からのもの？」

「ガセネタではありません。それに、彼自身がそのオファーのことについて私に明かしました。

彼はこう言ってきたのです。〝新しい縁談が僕に舞い込んだ。僕も気にいっている。君とは素敵な時を過ごしたけど、いいメモリーを残して終わりにしたい〟と」

「おそらくやつは、当然というふうな顔をして話したのではないかな？」

「その通りです。〝君はこのことを理解して身を引いて欲しい〟。そう言っているようでした」

「思った通り、独善的な自己中心男だ。自分に好都合な理窟でしか世界を見ない、見ようともしない。こんな男に未来はない」

弓田が断定した。

「ところが、彼はこれで未来を手に入れたと考えたんでしょう。私をポイと捨てて、自分の出世の道を選んだのですから」

恵利の顔が紅潮した。弓田が質問した。

「あなたを捨てて乗り換えた女とは、その後どうなったの？」

「予定通り関係は進んでいるようです。詳しいことは分かりませんが、いずれ結婚すると思います。ある筋から聞いたのですが、この前も2人はデートしていました」

この「ある筋」とは、恵利の親しい友人で鳴海の秘書を務める部内の女性だが、恵利はむろんニュースソースを口外しない。そのニュースソースによれば、2人は連絡を密にして週末ごとに逢っているという。ニュースソースは2人の動向を恵利に連絡してくる。

恵利の表情が険しくなった。

「鳴海の心変わりは打算です。わたしたちは愛し合っていたのですから。わたしの気持ちは収まりません。真実を聞いてもらいたい、知ってもらいたいと無性に思ってメールしてしまったんです。ご相談と言うよりも、話を聞いてもらいたかったんです」

恵利がまた涙ぐんだ。

「悔しい気持ちはよくわかるよ」と弓田は慰めた。

「鳴海の人間性がよく分かる。むしろ怪我《けが》の功名でしょう。打算による結婚が長続きするとは思えない。あなたにとって最良の復讐とは、その女にやつを任せ切ることではないですか」

そう言うと、弓田はニヤリと笑った。

恵利も晴れやかな表情に変わって、

「そうですね。これでかえって生涯の破局を避けられたのではないかしら。じつは彼は別れ話を切り出す前の週に〝君となら、きっとこれからも幸福でいられる〟と言っていました。その言葉を聞いて心の準備をしていたのです。

でも、お陰で、彼の人間性が早めにはっきり分かりました。長い目で見れば、この方がハイリスクにさらされずに済んだと思います。危ういところでした」

と、さばさばと言った。

「人間万事、塞翁が馬。急な雷雨に見舞われたが、すぐに視界が晴れて見えてきた。この際、はっきりやつの人間性が分かってよかった。

しかし考えてみると、これは単なる個人的な事件ではない。銀行経営的にじつに重大な意味がある」

弓田が切り口を変えた。

「その理由は、まず鳴海俊太郎が頭取の息子だということ。頭取は鳴海を将来の後継者とする布石を打ったと考えられる。つまり自分の息のかかった部下の役員に〝いい嫁〟を探させ――深窓の令嬢というのが相場だが――言い含めて縁談を実現させた。鳴海はもともと親父と同じ出世主義者だから、これに飛びついた。こういうことではないかな？」

恵利がポカンと驚いた表情を見せた。無理もない。今年1年生の新入社員の耳に、鳴海が頭取の息子だという社内情報はまだ届いていない。2人が同姓であることは、むろん承知していたが。

「そうなんですか。息子さんですか。そう言われてみると、2人ともイケメンで顔形がいくらか似ていますす。頭取よりずっと背が高くスリムな体型ですが。……でも凄い推理ですね」

恵利が感嘆した。弓田が右指を自分の唇に当て、

「でも僕の推理の内容は秘密だよ。これはマル秘情報。決して誰にも言わないように。約束できるね」

「約束します」

「これが意味することは、頭取は大銀行の世襲を考えている。息子もそのつもりで、政略結婚を受けた、ということだろう。ところで鳴海のお相手はどんな人？」

「詳しいことは、まだ分からないけど。でも〝どんな縁談なの？〟と鳴海に訊くと、こう言ってました。

〝某役員の紹介で、父親は有力な著名人〟って。それからこうも言ってました。〝善は急げ〟なので早めたと」

そう答えながら恵利は、その時のやりとりの情景を想い起こした。

あの場面を――。

鳴海は突然、真顔《まがお》になった。沈黙した後、鬼気迫る表情でこう切り出した。

「悪いけど、今日で交際打ち切りとしたい。楽しい思い出をありがとう」

「エッ、どういうこと?」

「正直、縁談が持ち込まれてね。受けることに決めた」

「縁談? どんな縁談なの?」

「某役員の紹介でね。素晴らしい方だから、ぜひ一度会って欲しいと。会ってみて〝この人だ〟と決めた」

「それはいつの話なの?」

「会ったのは1週間前。昨日、返事をした」

「エッ、そんな……」

「いい話は早くまとめるのが僕の主義でね。善は急げ、という。君には申し訳ない気もするが、僕の気持ちは変わらない」

「ちょっと待って。どうしてそんなに急ぐの? その人、どういう家庭の人?」

「父親は有力な著名人と聞いている」

この後のやりとりは一段と険しくなり、混乱してもはや筋道立てて思い起こせない。

弓田の声が聞こえてきた。

「なるほど。善は急げ、か。やつにとっては出世に好都合な、いい花嫁と見たんだろう。こういうところも父親と瓜二つだな」

「エッ、頭取とそっくりということですか？　頭取も同じようにお見合いをして結婚した。そういうことですか？」

「そういうこと」。弓田がきっぱりと言った。

「なぜ、頭取のことをご存じなんですか」

恵利が怪訝な顔で質問した。

「いま、それを話すのは適当でない」。弓田がそっけなく言った。それからおもむろに付け加えた。

「ただ、ガセネタではなく信頼できる筋の話だ。頭取も当時、同様の行動をしている。卑劣にも昨日まで親しく付き合っていた女性を、出世欲に目がくらんで今日には見捨てている」

「そうなんですか。理解に苦しみます」

「僕から見ても理解を超える。親子は同じステレオタイプだ。出世主義者の枠にはまった……このタイプは力のある方に付き、力の動向に沿って豹変しやすい」

「社内でもそうですか」と恵利が素朴な質問をぶつけた。

「もちろん、会社でも団体でも、あらゆる組織で彼ら出世主義者は出世するために社会力学にひどく敏感だ。勝ち組に付こうと機会を窺い、うまく取り入って地位や権力を手に入れるのが常道だよ。サラリーマンのプロ中のプロだ。

強い側に付こうとするのは、権力という蜜にありつけるから。逆に相手が弱くなると、強く出るのが常道だ。結局、こういう連中は、自分の栄達のために人を利用しようとする。これが彼らの基本的な立ち位置ではないかな」

「それで分かりました！　会社で社長派だとか専務派だとかレッテルを貼るのも、社内力学から見てどちらに付いているか、を見分けるんですね」。恵利が素頓狂な声を上げた。

「言えることは、鳴海家のDNAは立身出世主義、栄達主義で貫かれている。それがほとんど人生の自己目的だ。結婚もそのための手段になるから、こういうドタキャンも起こる。

鳴海俊太郎が思惑通り将来、銀行の頭取兼CEO（最高経営責任者）、銀行ホールディングスの会長兼CEOに昇格できるかどうか。運もあるが、今回の結婚でその道が開かれたと一家は考えているのではないかな」

「へぇー、驚きです。そういうものですか」。恵利が何度もうなずいた。

「だが、恵利さんは不幸中の幸いだった」

弓田がぽつんと言って、彼女に視線を投げた。

「不幸中の幸い、ですか？　どういうことでしょうか」

「正直、身ごもらずに済んだ、ということです。お腹の中に新しい生命が宿っていれば、別の心配が出てくる。生むべきか、生んだら2人のどちらがどう育てるか、という……」

「深刻な問題になります。本当に、不幸中の幸いでした」。恵利はいかにもホッとした顔をした。が、すぐに真剣な面持ちを取り戻して尋ねた。

「……頭取の場合は、振られた恋人は身ごもっていたんですか？」

弓田は一瞬、返答をためらった。（恵利には率直に話しているが、まさか頭取の恋人が自分の実母、身ごもっていた胎児がいまの自分なのだ、と告白するわけにはいかない……）

弓田はおもむろに答えた。

「身ごもっていた可能性はある」。それから付け加えた。

「2人のトラブルはその後も相当長く続いたようだからね」

弓田が精一杯言えることは、ここまでだった。

弓田の目の前に、実母の直子が長いこと抱いた秘密を告白した、あの晩の情景が鮮やかに浮かび上がった。

2. 告白

「……あの頃のあたしは若かったもんね。すっかりのぼせ上ってしまったんよ。あの人が優しくしてくれたから、本当に優しくね」

弓田直子が、息子の誠を見据えて懐かしげに口を開いた。誠にとって初めて聞く、30年も昔の母の父との出会いだ。誠がうなずくのを見て直子が続けた。

「あたし、本当に初めて心が燃えた。憧れに似た恋心は、小学5年の頃が初めてだけど、それとは違う本物の恋よ。クラクラと燃え上がるような、大地が揺らめくような……」

直子が含み笑いを漏らした。誠ももらい笑いをして反すうした。

「大地が揺らめくような？　物凄い恋だね」

「フフフ、そうなの、その時から世界が変わって見えたのよ」

「お母さんがそんなふうになるなんて、ちょっと信じられない。インパクトはそれほどでかかったんだ。で、いまになるまで、その目くるめく恋を隠していた」

「もうとっくに終わった〝過去の人〟として封印していたの。ところが彼はすっかり偉くなり、あなたが偶然、彼の会社に入って彼の下で勤める。ある意味、関係がまたできちゃった。まるでドラマ。人生って、不思議ね」

「それで、お母さんは封印していた自分史の真実を僕に伝えることにしたんだ。本当にびっくりした。メチャクチャ唐突な話だけど、気持ちはよく理解できる」

この日の母子会談が実現したのは、3日前に直子から「あなたの非番の日に話したいことがある」とケータイに伝言が入ったためだ。直子は3日前の朝、新聞で鳴海英介が菱友フィナンシャル銀行の頭取兼CEOに昇格・就任したことを知り、「いよいよディスクロージャーしなければ」と腹を固めたのだった。

鳴海英介との間にできた息子の誠は、今の鳴海の大銀行に有期雇用されている。たしか社長直属の企画部に所属して仕事をしている、と聞かされた。

菱友フィナンシャルといえば、海外を含め従業員は10万人超にも上る。連結子会社・関連会社を含めれば、その規模はこの倍に膨れ上がる。

これに対し、わが息子はその一員ではあるが、いつクビを切られてもおかしくない不安定な臨時雇いの身である。身分は比べものにならない。（なんという格差であることか）と直子は思うと、ゾクッと寒気がした。

鳴海英介は、自分の実の子がまさか自分の下で働いているとは夢にも思っていないに相違ない。しかも貧民層の一時雇用者として足元にいようとは……誠も実の父親がトップに君臨していようとは想像もつかないに決まっている。

直子はあれこれと思い巡らし、長い間の秘め事を誠に明かす時がついに来た、と判断したのだった。

直子は話すに当たって、改めて記憶を30余年前にフィードバックしてみた。

その日、東京・新宿の喫茶店――。鳴海英介は24歳の誕生日を迎えた直子に、赤いリボンで結んだ小さな包みを取り出して静かに語り出した。

「お誕生日おめでとう。これ、気に入るといいけど。ペルー産のペンダント」

「まあ、うれしい」

直子が小箱を開けて目を輝かした。

「素敵！　美しい真珠ね……」

直子がペンダントを手に取って見とれた。

「気に入ってくれて嬉しい」。英介が目を細めて微笑んだ。

「どうしてあたしの好みが分かったのかしら？」

直子が訝《いぶか》しげに尋ねた。

「それはカンだよ。君を思っているから、カンが十分に働いたんだ」。英介が得意そうに言った。

「なるほど。そういうことね」。直子がそう答えると、英介が「そういうこと」と応じ、二人は同時に笑い出した。

直子の表情が柔和になった。幸福感に浸っているようだったが、やがて快晴だった夏空に不気味な黒雲が現れるように、直子の表情がにわかに陰った。

ここまではよかった。あたしたち、恋に落ち愛し合った。真珠のペンダントは彼の愛の証だった。問題はこの後……。

彼女の記憶がフラッシュバックして、長く閉ざされていた迷宮に入っていった。

あの日――。秋の日曜の晩だった。これが2人の最後のデートになるとは。喫茶店で向き合うと、ほどなくして英介が切り出した。

「悪いけど、僕たちの交際やめにしたい」

「エッ?」。あたしは呆気にとられた。「なぜ?」

「これ以上付き合っていると、君を傷つけるだけだ」

「傷つける? どういうこと?」

「好きな人ができた……」

英介がボソリと言った。

「そう、好きな人が……いまでは、彼女なしではいられない……」

「どういうこと?」。あたしはそう言うほかなかった。呆然として言葉を探すが、見つからない。

英介はあたしがひどく取り乱しているのをジッと見ている。ようやく言うべき言葉が見つかった。

「聞いて。今日、会ったら言おうと思っていたんだけど、あたし、妊娠したの。昨日《きのう》、病院に行って確認した。あたしたちの子よ」

「妊娠した?」」。英介の目が驚愕のあまり飛び出したように見えた。

「妊娠、フーン妊娠……妊娠ね、そうか……」。英介が首を振って繰り返した。それから
うつろな目で言った。

「分からない、分からない」

「あたしたちの子。それ以外にない……」。あたしは声をやっとの思いで絞り出した。

「……」

「大事に一緒に育てましょうよ」

「あなたとあたしの子なんだから、きっと可愛い、素敵な子に違いないわ」

「……」

英介は黙って聞いている。

あたしは、気を取り直して続けた。

「あなたに好きな人ができても、あたし、構わない。でも子どもには責任がある。……も
うあたしたちを超えたテーマ。1人の生命、1人の人格、一緒に育てていかなければ。

ね、そうでしょう?」

英介は凍りついたように身じろぎもせず、考え込んでいる。まるで彫像のように見える。

固まった英介を横目に、あたしは〝攻め〟に転じた。

「赤ちゃんは7カ月後に無事に生まれる。それって、あたしたちにとって凄い話。新しい生命の誕生ですもの。2人で力を合わせて、その生命《いのち》を守っていきましょうよ」

あたしは自分の話す言葉に酔い、次第に興奮してきた。興奮しないではいられなかった。しかし、――

〝彫像〟は動かない。蒼白の顔から血の気が引いて一層青白く見える。放心したように、視線は定まらない。

「ねえ、黙ってないでなんとか言って！」。あたしは思わず声を荒げた。

英介はモゾモゾと口を動かしたが、言葉にはならず聞き取れない。あたしは彼の口元を見詰め、出てくる言葉をつかみ取ろうと構えた。

ようやく英介の言葉が出てきた。

「すまないが、もう決めた……彼女にも伝えた」

英介は辛うじてそう言うと、視線を遠くへ投げた。

「エッ？　決めたって何を決めたの？」

「新しい生活をイチから始めることを……」

「まあ、子どもを作っておきながら別の女と新しい生活、どういうこと？　よく、そんなことが言えるわね！」

「結果的にそうなってしまった……」

結果的に、ということは意図的でなかった、ということか。あたしのハラワタは煮えくり返った。

「結果的に？　結果としてたまたまそうなったんじゃないでしょ。自分が結果を作ったのよ」

「そう言われると、そうかもしれない……」

英介は追及されるにつれ次第に本性を顕してきた。はっきりした意思表示は避ける、「ああでもない、こうでもない」と追及の矢を逃れる。のらりくらり戦法である。

この戦法でやられると、相手はジラされ、攻撃の矛先は鈍ってくる。長期戦にはもってこいの戦法とも聞いた。

英介はのちに労務担当役員になった時、こののらりくらり戦法で労組の追及をかわしたと言われた。

「そうかもしれない？　そうに違いないでしょ！」

「よかれ、と思っていろいろやった結果、こうなった……」

英介からまた、煮え切らない言葉が出た。視線は相変わらず宙に漂っている。

結局、英介はのらりくらりと応えるばかり。結局は身ごもったあたしを見捨てようとしていることが分かった。愛は完全に裏切られた。あたしはおなかの子どもと共に放り出されたのだ。

その後は修羅場が数カ月も続いた。ふざけたことに、英介は芽生えた生命にはまるで関心がない。やがて「中絶してはどうか」と提案してきた。

「こんなことって考えられる？」。直子は誠に初めて父親の真実を明かした時、弓田の顔を覗くように見て尋ねた。

「これがあなたの父親の実像。およそ人間性に欠けた男。ただし、社会のはしごを登るのは天才的に上手で、いまはあなたが働いている大銀行の頭取」

「ヘェー、凄い話だ。事実は小説より奇なり、というけど、驚きだ」。誠が感嘆した。

「あたしにとって、この時の経験が人生最大のトラウマよ。でも人間不信に陥ってへこんでしまう暇はなかった。おなかのあなたを育て上げる——そのために必死だった。正直、悲しんでいる余裕はなかった。あなたのためよ」

直子が微笑んで誠の顔を見上げた。母の目がキラキラと輝いていた。神々しくて眩しい、と誠は感じた。

耳を澄まして聞いていた誠に、ふと疑問が湧いた。

「で、経済的補償はどうなったの？」

誠が問うた。当然、英介がどうしても別れるなら、何がしかの補償は支払われて然るべきだ。

「あなたの現実的な大人の感覚、少し安心した。……あたしはむろん、自分独りでも子を生み、育てていこうと決心していた。当時、銀行勤めだったけど、母子家庭となれば生活は厳しい。見捨てるなら当然、相応の慰謝料を払え、となる。それも口止め料込みとなって、1千万円貰ったわ。当時としては、まあ破格でしょうね。こんな大金、自分一人じゃなくて、きっと大企業の社長だった父親に泣きついて出してもらったのよ」

直子があっけらかんと内情を明かした。

「そうなんだ」。誠が同意したように相づちを打った。

直子がもう少し解説を加えた。

「鳴海はね、若いころからカネの世界に生きてきたから、トラブルはカネで万事解決すると考えてたみたい。彼があたしにぐっさりと残した心の傷も、きっとカネの力で癒されると思ってたようよ。

ともかく、彼は早くケリをつけて別の女と結婚したかった。その女は当時、鳴海の元上司の役員の娘で、出世して後年、頭取になったと聞いた。一種の政略結婚ね。鳴海は自分が最短コースで出世するための絶好のチャンス、と見たのではないかな」

「なるほど、そうだったのか」。誠が納得顔をした。

「あたし、所属部署は違っていたけど当時、鳴海と同じ銀行——いまのメガバンクに統合される前の都市銀行『富勧銀行』に勤めていた。そこは醜い派閥争いが昔からあって、人事抗争が激しいのよ。頭取に就任すると、決まって自分の派閥からイエスマンを役員に登用して自分の周りを固める。頭取が変わるたびにこれが繰り返されるから、いつも頭取の茶坊主ばかりが役員に抜てきされる。自分の考えを持つ骨のある幹部は遠ざけられ、子会社に出向させられたり、自分から退社していく。ヒラメ幹部、ヒラメ社員ばかりが増え、企業力も必然的に衰退していった」

「そうなんだ」と誠が再びうなずいた。直子の告白で、自分史の闇だった部分が照らし出された。

「すると、鳴海は知らん顔をして役員の娘のほうと結婚した。お母さんには手切れ金1千万円を渡して、これで勝手に子どもを生み、自分で育ててくれと。随分、虫のいい酷薄なやつだ」

誠が苦虫を噛みつぶした表情で言った。

「ひと言でいえば、そういうこと。でも、あたしは後悔してない」。直子がきっぱりと総括した。

「だって、あたしにとって選択肢は一つだったから。あなたを生み、育てること。これしか考えなかった。母子家庭になるのは分かっていたから、次に新しい生活を考えた」

「新しい生活？」

「そう、元彼と同じ職場では息が詰まるし、精神的によくない。転職よ。まだ若かったし、なんとかなると思った」

直子が視線を遠くへ投げた。

「人生、強く願えばなんとかなる。求めよ、然らば与えられん。叩け、然らば開かれん。この通りよ」。直子が微笑んで、新約聖書から気に入っている一節を引用した。

「で、開かれた？」

「大きく開かれた。迷っていた子羊は帰るべき道を見つけた」。直子がまた微笑んだ。

「フーン、いい転職先が見つかった？　いま共同経営している出版社？」

「そう。叔父のコネで入った出版社が、新しい世界に招き入れてくれた。金融とはまるで別世界。おカネには縁がないけど、いろんな宝物がある。その宝探しに夢中になった」

誠は感心したように母親を見た。

「お母さんは本当に凄い経験をしたんだ。でも、苦労話を愚痴っぽくこぼしたことは一度もなかった。僕は初めて聞いた。驚いた」

「驚くのはまだ早い。あたしは過去をあえて封印してきた。未来に取り組むのに過去の影が邪魔をしてはいけないでしょう。あなたにとっても、忌わしいあたしの過去は知らない方がいいし……」

直子の視線が宙に漂った。

「でも、人生ってまるでドラマね。別れ話から半年後に、偶然、鳴海の破壊癖が分かった。彼は人を破滅させる典型的なタイプよ。またしてもあたしは、大切なものを失った」

誠が再び好奇の目を向けた。

「半年ほど経って、あたしは仲の良かった大学時代の友人から結婚披露宴の招待状を貰ったの。そこに載っていた新郎の名前を見ると、鳴海じゃないの。許せない。鳴海はあたしの親友を奪ったわけ。ハラワタが煮え繰り返ったよ」

「それはまたひどい。できすぎたドラマのようだ」。誠がつぶやいた。

「むろん、あたしは〝お幸せに〟と書いて出席を見送った。その友人とはそれっ切りとなった。彼女はあたしと鳴海の関係については知らないから、なぜあたしが背を向けて去っていったか、不審に思ったでしょうね。鳴海はあたしたちの友情も壊していった」

「一種の破壊マニアだね」。誠が吐き出すように言った。

「そう、まさしく破壊マニア。自分自身の栄達を追って要らない者は破棄していく。これが彼本来の性格、彼の人間性の本質ね」

冷静だった直子が気色ばんだ。誠が母親を気遣った。

「鳴海の人となりがよく分かったよ。問題は、こういう破壊狂が自分の本性を自覚していないばかりか、自分は人より優れていると自惚《うぬぼ》れていることだ。自分の破壊的所業には気づかずに、平気で人を傷つける。

こういうのが大銀行でトップに君臨すれば、その破壊的影響は途方もなく大きくなる」

誠が母を見やりながら、そう言って深くうなずいた。

3. 企業経済学 VS. 労働経済学

横山恵利は、弓田誠との対話から多くの知識を得て学んだ、と思った。何より自分の抱えている個人的と思われた問題は、広がりを持ち、他にも大いに起こりうる問題と知った。現に頭取は若い頃、俊太郎と同じような行動をしている。頭取の元恋人は、自分とそっくりの立場に置かれた。

すると、わたしの個人的な問題はじつは他の多くの人も共有して悩む共通の問題なのだ。わたし1人が悶々と悩んでいる必要なんかない——恵利はそう思い知った。

「ところで——」。弓田が話題を変えた。

「さっき当の女の父親は有力な著名人、と言ったけれど、与党の有力な政治家ではないかな？」

弓田は彼女の反応を伺った。

「僕の勘では、その政治家と言うのは、AかB、でなければCかな？」

恵利が吹き出した。

「A、B、Cって誰のことですか？」

「僕の用心深い防衛本能は限りなく本名を避け、コードネームの使用を求める。いずれも有力な政治家で、それぞれ原発、金融、地方創生各委員会の長だ。銀行側からすれば、彼らとのコネクションを一層強めたいところ」
「なるほど、単なる著名人ではない」。恵利が納得顔で言った。「縁談はビジネスのネットワーク作りと関係しているわけですね」
「おっしゃる通り。銀行の関心は、将来のレゾーシス（経営資源）を豊かにするネットワークの拡充にある。銀行としては、そのために先行投資していきたい。この一環としての一種のトップ人事ポリシーでもある。同時に、父親の野望がこれに絡んでいる」
弓田が、背後関係の構図を描いてみせた。

2日後、弓田に横山恵利からメールが入った。次のような文面だった。

鳴海のお相手の父親のことが分かりました。おっしゃっていた通り与党の有力政治家のようです。一度、その政治家からじかに鳴海に電話が入ったことがあるそうです。鳴海は嬉しそうに話していたとの情報もあります。

(鳴海は嬉しそうに話していた？　凄い情報ではないか。彼女はこいつをきっと社内のディープスロートから得たに違いない)。弓田は薄く笑って、手元のもう一つの資料に素早く目を移した。

手元資料には、横山恵利の履歴書のコピーがある。会社の「新入社員紹介」の公式社内通知から取ったものだ。

それによると、彼女は有名私大の大学院でコミュニケーション論の修士号を取得。この間、交換留学で米カリフォルニア大学に1年間在籍している。

（立派なキャリアではないか。コミュニケーション論を学んだ成果もきっちり生かしている）と、弓田は感心した。

横山恵利という女の実像が、弓田の前に次第に浮き彫りになってきた。その実像は、いまではのっぺりとした姿ではなく、輪郭のくっきりとした立体像となって立ち現れている。

その時、電話が鳴った。鳴海俊太郎からだった。「会議室Aにすぐ来て欲しい」と言う。「会議室A」は、大部屋だから通常は部署を超えた組織横断型の大きな会議に使われる。しかも、大会議に召集されるのは決まって会社幹部や関係社員、外部の専門家だ。これに非正社員の自分が呼ばれるのには何か特別な理由があるに相違ない、と弓田は睨んだ。

しかし思いつかない。20階にある会議室に来てみると、見慣れない他の部の男たちに混じって役員の姿があった。

その中に、この年の春に就任した初の女性執行役員、吉沢実果もいた。彼女は広報担当役員として外資系IT企業から抜擢され、マスメディアにも報道された。菱友銀行はこの人事を内閣の方針に沿った「女性の秘められた能力を活用する人事ポリシーの一環」と説明していた。

鳴海は先に来ていて弓田を手招きした。「君は僕の隣り、そこの隅の席に座ってくれ」と言うなり、すぐに笑顔を作って入口の方向に大股に歩き出した。

鳴海はにこやかに「どうも、ご足労をおかけします。こちらにどうぞ」と人事担当副社長の海老原収一を迎え入れ、席に案内して行った。

弓田は（果たしてどういう会議なのかな）と訝《いぶか》りながら、机上に置かれた資料を見やった。

資料の1ページ目の表題に「グローバル競争下の非正規雇用政策について」とあった。

会議が始まった。冒頭、総合企画部の鳴海が主催者として挨拶した。

「……こうして関係者の皆さんに広く集まっていただいたのは、金融のあり方がすっかりグローバル化し、人材の活用を以前にも増して全社的に考えていかなければならない時代に入ったためです。すでに競合金融機関の中には社外取締役のみならず、中枢の執行役員に外国人のエリートを導入するところまで現れました。

一方、国内の人材雇用にも目を向ける必要があります。この面では、二つのリゾーシスを考えなければなりません」

鳴海はそう述べると、コの字に配置された席の奥まった中央から視線を素早く左右の出席者に走らせた。

「一つは、政府自らが音頭を取る女性の活用です。結婚のため退職して子育てをした後に、仕事への復帰を望む30代から40代前半の女性が雇用のメインターゲットになります。欧米に比べると、この年齢層の就業率が低いのが現状です」

ここで鳴海は弓田のほうにチラリと視線を投げて続けた。

「もう一つは、非正規雇用のさらなる活用です。周知の通り、非正規雇用は1990年代後半から増え続け、現在では総雇用者の4割に達しました。外食のような労働集約型産業では、すでに従業者の大半を非正規社員が占めています。また増加する女性就業者の半分以上は、非正規雇用です。非正規の優秀な人材を活用しない手はありません」

傾聴していた関係者の多くが、うなずいて賛同の意を示した。ここで鳴海はもう一度、弓田の方に視線を投げた。

「のちほど非正規雇用者として大いに役立っている当社の社員から、人材活用に関する具体的な話を聞きたいと考えていますが、これが喫緊の課題であることは明らかです。先の女性の活用にしても非正規雇用の形で大がかりに行う、というのがグローバル経営を発展させる道ではないか。

なぜなら世界を見回すと、どこの成長金融機関も非正規の有期雇用による人材活用を進めているからです。たとえば、米国投資銀行大手のシルバーマン・サックスがその代表例です」

こう語ると、コの字の右斜めに座っている人事課長の古河が顔を上げて次の言葉を待った。

「何事にも機敏で知られるシルバーマン・サックスの戦略担当役員の話を最近聞いてみる機会がありました。それによると、グローバル経営の秘訣は世界的な人材活用にある。その要諦は、期間限定の有期雇用で人材の専門的能力を引き出すことだ。そう明かしていました。

「その人事ポリシーを貫く基本手法は、――」

ここで、古河をはじめ出席者の多くが下を向いてペンを走らせた。

「その手法は、専門的な経験・知識・ノウハウを持つ人材を集める場合、高給を提示し、2年単位で集中的に成果を出してもらう。顕著な実績を上げた者は昇給・昇格含みでさらに2年契約・延長する――というものです。根底にある哲学は、経営は早急に成果を求めることと、人材が緊張力を持続できる限度を2年程度とみなし、2年の有期雇用とすることではしごを外し、その間緊張して仕事の成果を出してもらう、という考えです。

この手法を先の戦略担当役員は『人材の2年集中活用方式』と言っていました。このような人事ポリシーでシルバーマンはグローバル経営の投資や商品開発、提携・買収に至る新戦略を有期雇用の専門家に担わせてきた、これがスピード経営を可能にしたのです。

ここに見られるのは、非正規雇用を単純な業務だけでなく、高度な戦略業務分野にも優れた人材で活用していこうというコンセプトです。これを学ばなければならないと考えます」

鳴海がひと息入れて左右を見回した。ほぼ全員がノートをとっている。(反応は上々)の感触を得て続けた。

「というわけで、今後の戦略的な課題は〝非正規雇用政策の改革〟にあります。これまでのような雇用の補助的な役割から戦略を担う高度な分野にまで非正規雇用者を大規模に活用していく――このことを考えていかなければなりません。

幸い、わたし共の企画部に有能な契約社員がおり、貴重な意見を聞くためこの会議に参加してもらいました。きっと皆様のご参考になる意見、提案を話してくれることと思います」

鳴海が突然、話を振って自分を指名したことに弓田は肝を冷やした。が、覚悟を決めて日頃考えていることを述べるしかない。

鳴海の話が続いた。

「いまからお話ししてもらう弓田君は――」

鳴海がペーパーを取り上げ、弓田のプロフィールを読み上げた。

弓田の心臓がドキンドキンと早鐘を打った。アドレナリンが盛んに分泌されている。弓田は開き直って丹田に力を入れた。

鳴海が弓田のプロフィールを読んでいくと、「エーッ」とか「ホント？」などと軽いざわめきが出席者の間から起こった。

弓田の最終学歴が「東京大学」でありながら、職を転々とし、34歳にもなって目下、1年契約の短期雇用であることが明らかになった時だ。

プロフィールを読み終えると、鳴海は自分の言葉で語り出した。

「非正社員の彼をなぜ、急きょこのような重要な会議に呼んだかと申しますと、彼は非正規雇用者の置かれた状況を非常によく理解している、したがってわれわれが今後の雇用ポリシーを立案する上で大いに役立つ意見、提案を聞くことが期待できる、と思うからであります。

弓田君はご案内のように、非正規雇用者として場数を踏んできました。10年以上にわたって外食、自動車、IT、政府機関などの代表的な企業・団体の業務に従事し、さまざまな経験を積みました。

当社には1年ほど前から就業し、現在は優秀な能力を買われて調査と企画・立案の仕事に就いています。それでは弓田君、非正社員の立場から能力発揮に関して建設的なご意見、提案を持ち時間10分を目安に話してください」

弓田は椅子から立ち上がると、軽く会釈して、

「時間が限られていますので、単刀直入に結論部分から入らせていただきます」

と話し始めた。

「非正規雇用の業務上の特性は、どの業界であれ三つあると思われます。一つは正社員の行う業務の補助。正社員の多忙な仕事の一環を指示に従って手伝う役です。

二つ目は、稼働時間が深夜早朝など長時間に及ぶような変則的な場合、正社員では手が足らずに回っていかないため、これを行うこと。この場合は正社員の補佐ではなく〝正社員の代わり〟を務めます。

大まかに言うと、〝正社員の代わり〟を非正社員がやる業務分野に問題が多発していきます。過度の残業や休日なし、残業代不払いなどの実質低賃金で過労死などを招くブラック企業が、その悪《あ》しき例です。

わたしはこの両方を経験しました」

ここでひと呼吸入れて向かいの側に目を走らせると、ギラギラと迫る視線とぶつかった。人事担当副社長の海老原が腕を組んだまま射抜くように見ている。弓田が続けた。

「三つ目は前の二つと重なる面がありますが、経費削減のため、正社員そのものを可能な限り減らして賃金の安い非正規社員に切り替えるリストラ型雇用政策です。前2者が主に業務上の必要から実施されるのに対し、三つ目はコストカットをメインターゲットに非正規を雇用推進する。二つ目との違いは〝正社員の代わり〟ではなく、〝正社員に代えて〟非正社員に業務をやらせる点です。正社員と同等の仕事をしながら、給与や労働条件は正社員よりもずっと厳しい現実があります。

この場合は、非正規雇用で利益を出すことが自己目的となっています。外食や小売り量販店のチェーン経営によく見られる形態です」

そう述べた瞬間、司会役の鳴海が突然、声を張り上げた。

「弓田君、非正規雇用の概論はその辺でもういい。非正規に能力を発揮させる方法の具体論について語ってくれ」

鳴海が弓田の話の腰を折った訳は、海老原の顔に浮かんだ不機嫌な表情を見て取ったせいだ。海老原は寡黙な男だが、好き嫌いがよく顔に出る。

弓田が話を切り替えた。

「本論に進みましょう。非正規の士気を高め、潜在能力を発揮させるためのキーコンセプトは、一つです。それは——」

弓田が言いかけると、向かいの女性執行役員の吉沢が顔を上げ、姿勢を正した。

「それは、当たり前のことですが、技術的なことではありません。コストとして見ない、1個の人間として扱う、という基本的な姿勢です。具体例を言いましょう」

ここで弓田はかつて居酒屋チェーンに勤めていた時、疲れ果てて死ぬ気でいた若い同僚をたちまち元気づけ、立ち直らせた体験を語った。なぜ、それができたか。答えは、語り合いの後に、彼が弓田に伝えた言葉に示されていた。「悩みを聞いてくれてありがとう。

胸のつかえが下りた」と。

「彼は世界から孤立していると思い込んでいました。肝心の職場で疎外感を感じて自信をなくしていましたから。

この孤立感を充実感に変える方法。それは〝参加の喜び〟に与《あずか》る、これに尽きます。難しい業務でもプロジェクトでも、その意味、目的を説明して一端に関わってもらう。参加の喜びとは、あてがわれた仕事の喜びです。すると、仕事は苦痛でなくなり、面白くなってきます」

弓田はこう言って、向かいに素早く視線を走らせた。海老原は目をつぶって腕を組んだまま、苦虫を噛み潰している。吉沢はこちらを凝視して動かない。

弓田が落ち着き払って続けた。

「仕事の喜びに浸ってもらうにはどうしたらよいか。幸い当社の業務は多岐にわたり、複雑で高度な分野もあります。最もよい方法の一つは、あえて簡単でない仕事を割り振ることです。自尊の感情を刺激することです。彼が意欲と能力があれば、その仕事を喜んで引き受けます。〝やっと面白そうな仕事にありつけた〟と。彼に人間的な扱いを受けたという幸せの感情が起こるはずです。

彼がやる気を失っているのは、多分に仕事が〝単細胞〟だからです。組立工のような単純繰り返しか、雑用型労働で挑戦しがいがないせいです」

弓田が仕事の性質の面から説明した。それから内容を深掘りしていった。

「少しばかり知的だったりセンスが求められる仕事が与えられると、彼は張り切るのが普通です。能力を認められたと思いますから。

彼は必死に仕事をやろうとします。この過程で、彼は自己向上の努力を続け、結果を出します。その結果は、むろん会社にとっての豊かな果実となります」

こう語ると、吉沢の硬かった表情が綻《ほころ》びた。

弓田が結びに向かって真っ直ぐに進んで行った。

「……というわけで、彼に仕事への充実感と会社との一体感が生まれ、ついに目に見える成果を挙げます。この段階で、彼はもはや非正規のはみ出し者ではなくなります。周囲から社員仲間の立派な1人として見られ、扱われていくのは、想像に難くありません。

そうなれば、会社としては彼を放っておかずに正社員化を視野に、彼の持続的な努力と成果をさらに期待することになるでしょう。彼にとって正社員に抜擢されることになれば、経済的にもありがたい。こうして会社と彼との間に究極のいいサイクル運動ができてきます。ウィン―ウィンの関係に発展するのは必至となります」

弓田が話を終えて着席すると、海老原が目を見開いて語り出した。

「なんだか学生運動のアジ演説のようだったな。もう少し冷静な方法論を聞けるかと思ったが……。君が言いたいことは、正社員と同じ仕事を与え、結果を出させて正社員に格上げするのが一番ということかな」

そう言って薄く笑った。

「一つ質問だが、君の言う〝彼〟とは君自身のことか？」

この問いに出席者から笑い声が漏れた。

弓田が〝彼〟と呼んだ人物は、実在する非正規雇用の同僚である。その同僚の気持ちを代弁したつもりだった。

弓田が率直に答えた。

「〝彼〟は私ではありませんが、実在する男です。私のよく知る、意欲、能力とも申し分ない男です。ただし筋が通らないと、安易に妥協しません。彼のことを想定してお話ししました」

「では彼の立場から非正規の置かれた環境を訴え、いい仕事と待遇を要求したわけだ」

海老原はそう断定すると、右手で追うように言い放った。

「言いたいことはわかった。もう君は退席してよろしい」

再び苦虫を噛み潰した表情に戻った。

鳴海が追い打ちをかけた。

「もう少し建設的な意見を語ってもらいたかった。残念だが、時間も押して来たので、戻ってよろしい」

それから声の調子を元に戻して、

「では次の議題に移ります」

と、宣告した。


弓田が総合企画部の席に戻ると、しばらくして同じ非正社員の永野芳朗が近づいてきた。弓田が会議で説明した際に言及した〝彼〟その人である。

永野は隣の席に回り込むと、弓田の顔をまじまじと見て、

「会議、どうだった？　何かあったのか？」

と真顔で聞いた。弓田に何かがあったことは弓田の顔に描《か》かれてある。弓田が黙っていると、永野が右肘で小突いた。

「ただ会議に出ていただけではないだろう？　わざわざ呼ばれるからには訳がある。ちっぽけな会議じゃないはずだ。役員会議で使う大部屋でやっていたからな。なぜ、お前が呼ばれたんだ？」

「ああ、俺もなぜ？　って思った。意見を求められたんだ。お前さんを代弁してしゃべったよ」

「何、俺を代弁して？　どういうことだ？」

「議題はこれだよ」と言って、弓田は机上に置いた資料の表題を指差した。

「非正規雇用政策についてか。畜生！　いま頃になって、なんでこれなんだ？　まじか。さんざん無視したくせに。お前、何を話したんだ？」

「突然、鳴海から事前通知もなしに、非正社員の能力発揮について話せ、と振ってきた。咄嗟《とっさ》にお前のことを頭に浮かべて話した」。弓田は手短に経緯を説明した。

永野が納得顔になってうなずいた。「そういうことか」

その時、鳴海俊太郎が顔を紅潮させて帰って来た。永野は慌てて弓田から離れた。鳴海が「弓田君、こっちへ！」と弓田を呼び、そそくさと背後の会議室に入った。

「君はどうして副社長を怒らせるような説明をしたんだ？」。弓田がドアを閉めるや、鳴海の怒声が響いた。

「どの点がまずかったでしょうか？」

弓田が怪訝な表情で訊いた。

「全部だ。全部、まずかった。運動家のアジ演説みたいだって副社長が言ったな。君は会議を利用して、自分の持論を押しつけようとした。具体論は一つもない。副社長が怒るのもムリない」

少し前——

大会議室での会議終了後、鳴海は人事担当副社長の席に足を運び、弓田の話の内容について詫びを入れた。「先ほどは弓田の説明が行き届かず、ご心配をおかけして申し訳ありませんでした。今後、人選には注意致します」

終始、むっつりと不機嫌面《づら》をしていた海老原は、ひと言、ボソリと言った。

「不愉快きわまる。気をつけたまえ」

鳴海は直立不動で応えた。

「叱っておきます。二度とバカなことをしないように」

そう言って頭を下げた。

この記憶が一瞬、鳴海の脳裏に甦ったのだ。

鳴海が軽蔑の色を浮かべて語気を強めた。

「いいかね。君は学歴もあるし、実際頭も切れる。正社員としても十分に期待通りやってくれるだろう。あの席でいい印象を残してくれたら、君を正社員に推薦しよう、と正直考えていた。

だが、キャンセルする。君は頭がいいが、大事なところが抜けている。何だか分かるか？　世の中をうまく渡っていく才覚だ。君の正義感は立派だが、それを通すには現実的な手腕が必要だ。柔軟に、弾力的に、しなやかに、現実に対応することだ。

君にはその才覚がない。ナイーヴに過ぎる。観念的に過ぎるのだ。いつまでも、ああいう精神論にこだわっているようでは、どこでも煙たがられる。君は結局、永遠に非正規に留まる。立派な会社の正社員にはなれない。終身非正規、それが君の運命だ」

弓田は鳴海の言った最後のフレーズにギョッとした。(終身非正規? 俺の運命? 本当にそう思うのか?)

「運命」と宣告されて、弓田の心は波立った。

「運命? 心外ですね。自分の運命は自分が決めます」

強気の言葉で返した。瞬間、2人は睨み合った。

鳴海が薄く笑った。

「言い過ぎたかな。運命というのは、たしかに自分が切り開くべきものだ。僕が言いたかったのは、主義主張だけでは世の中、通らない。〃智に働けば角が立つ〃。知性だけでは運命は開けないからね。

君の主張は正論でも、言うべき〃場〃がある。これをわきまえてはどうかな。あの場での君の発言は、適切でなかった。挑発的なアジ演説だったからな」

鳴海が冷ややかな眼差しで弓田の反応を窺った。

「会議の雰囲気は特別でした。副社長は最初から睨みつけるように見ていましたね。話す前からただならぬ気配を感じました。〃こいつは用心〃と身構えているのが分かりました。これで緊張してしまい、気負い過ぎたところがあります」

弓田が会議の印象に踏み込んで弁明した。

「副社長は人事畑の長い経験からお見通しだ。シックス・センスが働く。君をひと目見て、警戒本能が目醒めたんだろうな」

鳴海が副社長の渋面を思い浮かべながら言った。

「そうですか。副社長以外の反応はいかがでしたか?」

弓田がリアクションの全容を知りたがった。

「副社長とは真逆の反応もあったよ。意外だが、広報担当の吉沢執行役員は違っていた。会議が終わって僕にこう話しかけてきた。〝弓田さんの話の続きを聞きたい。女性の活用についてどう考えているか知りたい。また機会を設けて欲しい〟と。彼女はオープンドアの人だから、好奇心旺盛で何にでも関心を示す、という評判だ。

こういう人が、わが社にも出てきたことは評価できる。開明派も必要だからね」

鳴海が、これまでの言説とは矛盾することを言った。(もしかしたら、彼はああ見えて案外、俺の理解者になるかもしれない……)。弓田にふとそんな思いがよぎった。

鳴海の声が耳に刺さった。

「本論に話を戻すと、君を正社員に推薦しようと考えていたが、とりやめる。いずれにせよ副社長の承認が得られないことは、はっきりした。最終的には、彼の承認が必要だからね。

個人的に僕は君に興味を持っているが、会社組織で君を使うとなると、正直、リスクが高い。君は自立した、自分の考えを主張する男だ。いや主張し過ぎる男だ。

一つ、訊きたい。君のように有能な人材がどうして非正規で転々としているのかね。定収を得てキャリアを積んでいく。それには、いい会社の正社員になることではないかな」

「十分、分かっています。でも、はしごが外されてしまうと、なかなか難しい……」

「はしごが外された？」

「そうです。就職を決めずに大学を卒業すると、正社員のはしごを外されてしまうのです。入社のチャンスを永久に逃すことになりかねない。たまたま家庭の事情か何かでそれが起これば悲劇です。わたしの場合が、これに該当します」

弓田がぼかした表現で事情を説明した。

「では、君は家庭の事情か何か、やむを得ない事情で就職のチャンスを逃し、はしごを外されてしまったというわけか」

鳴海が不思議そうな顔をした。弓田が付け足した。

「はしごが外されると、次のチャンスを待つ間、人は食べていかなければなりません。そこでフリーターで食いつないでいく。これが重なると、いつの間にか三十路に差しかかり、越えてしまうというわけです」

弓田が自分史を遠回しに語った。

鳴海が口を挟んだ。

「労働者が食いつなぐための一時雇用。こいつが格段に増えたのは間違いない。当社も例外でない。なぜ、非正規が増えたのか。低賃金で使い勝手がいいからだ。日本のパートの賃金は、国際的にみても相当安い。時間当たり賃金でフルタイムの6割弱だ。フランスではフルタイムの9割、ドイツでは8割に近いから、明らかに冷遇されている。逆に言うと、資本にとってはまことに重宝、ということだ。

このままだと、〝同じ仕事なのに賃金に差がある〟、という問題が浮上してくる。同一労働・同一賃金——これをちゃんとしろ、と政治問題になってくるな」

鳴海が予言した。

「ただし、同一労働・同一賃金の実現は、簡単じゃない」。鳴海が続けた。

「日本の正社員では能力給プラス年功序列型の賃金体系だからね。これを欧米式に変えるとなると、抵抗、摩擦は避けて通れない。そもそも〝同じ労働ってなんだ？〟という議論から始まる。仕事内容に応じて賃金水準を決める職務給評価に移行して〝この仕事なら同一賃金〟にする必要があるが、これが簡単じゃない」

「なるほど、欧米のような職務給制度になじまない日本式だと、同一労働・同一賃金は容易でない。逆に、そういう賃金制度だから、非正規は安上がりで使いやすいから増えていく——ということですか」

「そういうこと。厚労省の調査では、企業が非正規を活用する理由として最多の4割以上が賃金の節約を挙げている。コストセービングと女性の社会進出からここ数年は、女性の一時雇用が急増している。失業よりはましだが、働き手の生活が安定することはない。たしかに労働経済学的には、これが増えることは問題だな。

だが企業経済的には、デフレの経済低迷下で一時雇用を増やして労務コストを減らすのは理に適っている。経営の合理化、固定コストのカットに欠かせない」

鳴海が、経営側から見た、一時雇用のコスト的意義を説いて続けた。

「就活期にチャンスを棒に振った君は、不運だった。日本の上場大手企業は横並びに動くからね。経済情勢が悪いと、いったんチャンスを逃せば二度と巡って来ない。次の年は翌年度雇用の新人採用になるからね。

だが、労働経済学的に見ると、君のような人材を埋もれさせるのはもったいない。君のような異才を閉め出すとは――企業の無策ではないかな。機会の平等という言葉が一時、流行ったが、まさしく機会の平等がないために一度しくじるとチャンスは失われる。政府はやる気と能力のある非正規雇用者の正社員化政策を本気で考えるべきではないかな。第二、第三の君を出さないためにね。だが、企業経済学的には――」

鳴海がまた薄く笑った。

「企業経済学的には、労働経済学の立場とちょうど反対になる。一般に非正規雇用化が欠かせない。利益を追求する経済学は、効率を追い求めてその都度リスクを排除するからね。双方の経済学は対極にあるから、言っていることは当然、矛盾する。どちらに立って言うかで、真逆の見解表明にもなる」

鳴海がうん蓄を傾け、その主張に熱が一層籠《こも》ってきた。

「僕はこの双方を統合して経済学の全体像が見えてくると思ったが、近頃ではこの統合経済学なるものは実現しない、と考えるようになった。立場が真逆なので、人はどちら側から見るかで視像がまるで変わるからね。君の労働経済学の見方からすると、非正規雇用の増大は社会的不正義だ。経済格差をますます開く、許せない社会事象だ——となる。

しかし、企業経済学——この方がいつでも主流だ——から見ると、国際競争上打ち勝っていくためには非正規雇用の増大は避けられない——となる。先ほど会議のテーマとしたように、非正規雇用者の力は最大限、発揮させるべし、という結論になる」

弓田が「ちょっと」と割って入った。

「企業経済学が滔々《とうとう》とした主流となって、非正規雇用が増え続けた。事情はよーく分かります。

問題は、この巨大な流れを政治が放っておいたため、非正規雇用者がいまでは全雇用者の4割を占めるまでに膨らんでしまった。その中には多くの主婦のように〝労働時間が少ないとか縛られない〟といった理由で正社員よりも非正社員の方がいい、という人もいますが、逆に仕方なく非正社員に留まっている人も多い。たしか総務省の2014年の調査では、不本意だが、やむなく非正規で働いている34歳までの若者は、同じ世代の非正規雇用者の4割超に相当する113万人にも上っています。この中には、僕も含まれています」

弓田の淀みない解説に、鳴海は驚きの色を隠さなかった。

「そこまで数字を把握しているとは、……よくよく調べているね。君はわが国第一級の労働経済学者だ」

弓田がこのおちょくりを無視して続けた。

「不本意ながら非正規で仕事をする若者が100万人以上もいる。これをなんとかしなければなりません。

しかもこれらの若者は、非正規ゆえに厚生年金に加入していない。彼らは国民保険の方に加入が義務づけられていますが、多くは保険料を払わない未納者か、支払いを免除された納付免除者です。つまり、将来の老後は、必ず低年金か無年金の境遇となります」

「……それは、たしかに由々《ゆゆ》しい社会問題だ」。鳴海が静かにつぶやいた。

「国民年金は納める側に経済力がなかったり、厚生年金の源泉徴収と違って納める手続きが面倒だったり、――これが一番大きい未納の要因ですが――年金制度に対する不安や不信から、未納率は実質6割にも上ります。

厚労省は納付率を6割と発表して毎年納付率は上昇していると公表しています。が、これは大きく見せかけた数字で、実際の納付率はもっと低い。理由は、まず保険料支払いを免除されたり猶予された者は母数から除かれ、未納に算入されない。

実質未納率が異常に高い二つ目の理由は、日本年金機構の暗躍のせいです。彼らは納付率を向上させようと、躍起になって未納者に支払い免除や猶予を勧めて未納率を引き下げている。その上、計算上2年内に、24カ月内に保険料をひと月でも支払えば未納扱いとはならない仕組みになっている。納付の意思があり、支払いが遅延している、と見なされるのです」

鳴海が目を閉じたまま聞いている。

「というわけで、見かけは納付率は6割でも本当は4割程度でしかない。これが真相です。国民年金は自前ではもはや立ちゆかない。

国民年金制度は事実上、破綻しているといっていいでしょう。一応回っているのは、厚生年金の保険料収入を給付に充てているからです。サラリーマンの納める保険料が、国民年金を支えている。

国民年金が行き詰まったのは非正規雇用者と学生など無職者が保険料を支払わないことが主な原因です。いまでは国民年金保険の加入者の約7割を非正社員と無職者が占めていますから。非正規雇用の増大は、いまの所得格差だけでなく将来の年金格差も拡大していくことになります」

鳴海が薄目を開けて語りだした。

「なるほど、非正規雇用の社会的、経済的影響がよく分かった。しかし、これは国の制度や政策の問題だ。企業ベースでやれることはない」

それから弓田の反応を試すように続けた。

「しかし、全く手をこまねいているわけではない。当社を含む世の動向に敏感な企業の中には、前向きな取り組みが出てきている。ここだけの話だが……」

鳴海が声を落とした。

4. 勝ち組VS.負け組

「当社も当方の提案が通って〝限定正社員制度〟を来年度にも導入する予定だ。先ほど言った、君を正社員に登用する案は、この制度を念頭に置いていた。勤務成績のよい有用な若者を限定正社員として処遇する、という制度だ。残念ながら、君の登用の芽はなくなったが。

限定正社員は、その資格を絞るため対象者が限定される上、いきなり生え抜きの同年輩の、実績ある正社員と同列に置くわけにはいかないから、給与条件はいくらか下がる。が、ともかくも正社員の待遇を受け、安定した生活を得て将来の生活設計が描けるようになる。近い将来には、限定正社員への昇格数値目標を決め、事業所ごとに正社員化を確実に進めるクオータ制（割当制）も構想している」

鳴海が検討を進めている限定社員制度のアウトラインを明かした。弓田がすぐに反応した。

「結構なお話です。しかし限定正社員の条件次第では、単なる正規社員と非正規の待遇格差を若干薄めた程度に終わる可能性もある。つまり双方の待遇の真ん中へんの条件で固定化されてしまう恐れです。

現在、非正規と正規の給与の開きは広がるばかりです。国税庁によると、非正規の平均年収は２００万円台を割る１７０万円程度です。民間企業の正社員は、４７０万円程度ですから非正規はその４割弱です。上場の大手会社正社員と比べると、４分の１程度でしょう。

その格差は、アベノミクス下で拡大傾向にあります。非正規の低い給与を武器に利益を溜め込んだ企業は、この有利さを失いたくない。限定社員制度を導入しても、かなり慎重に扱い、正規との大きな格差をいっぺんに解消するとは考えにくいわけです」

弓田が理路整然と説明した。

「なるほど、君の分析が正しいかもしれない」

鳴海がうなずいて応じた。

「たしかに企業経済学的には急激なコスト増は避けなければならない。正社員化をやるにしても、しっかり人選した上で給与も、実績と能力に応じてメリハリをつける必要がある。会社の財産になるようないい人材が欲しい、その受け入れのために給与条件の相応のアップは不可欠だろうね。いい人材には厚待遇を、だ。

わたしの見るところ――」

鳴海が改まって自分のことを「わたし」と公用語に置き代えた。

「会社は、人材で動く。人材がすべて、と言ってよい。人材という最大の経営資源を適材適所で活用させる。これがフルに実現できれば、会社も社員もハッピーだが、100％の人材活用はあり得ない。せいぜいそれぞれが、最大70％くらい能力を発揮できれば、上出来だろう。なぜ、十分な能力を発揮できないか？」

鳴海が覗くように弓田の目を見た。

「一つ、能力を発揮できない理由を教えよう。案外、人はこのことを知らない。わたしが人事部に2年勤めたときに得た知恵がある。これを話してあげよう」

鳴海がもったいぶった言い方をして続けた。

「わたしは人事を担当する以前、いまから思うと人間に関して無知蒙昧だった。人間は生涯、自分を変えていく、自らを進化させていく存在だ、とかつては単純に考えていた。進化は当然だと。むろん進化する人間もいる。だが、実際は少数派だ。

人事をやってみて分かったが――大半は、いまのポジションから変わりたくない、現状を変えてほしくない、変わるのは不安だ、と答える。変化を歓迎するよりも、むしろ怖がる。現状をなるべく、維持しようとする。こういう保守派が若者でも多数派なんだよ。

これは何を意味すると思う？」

鳴海が弓田の反応を窺った。弓田が、その話はすでに織り込み済みというふうに答えた。

「人が保守的になっている一つの理由は、会社の場合、ポジションが変わったところで期待するようなものは得られそうにない、と思っているからではないですか。希望よりも不安や失望の方が重くのしかかる。会社には期待できそうにない、ということでしょうか」

弓田がそう言って、鳴海の反応を見た。

「ひと言でいうと、そういうことだ。会社が熱く期待されたのは高度経済成長期からバブル期までだな。当時は〝会社信仰〟が根を下ろしていた。会社のためなら、と会社と一心同体になって無茶して駆けずり回って働いた、午前様はしょっちゅうだった、とよく先輩から聞かされた。

わたしが物心つく前の、ずっと昔の話だ。わたしと君は同い年の生まれだから、君も会社と心中するような〝壮絶会社人間〟が日本中に満ちていたとは想像もつかないだろうな。そういう人種はいまでも生き残ってはいるが、すっかり少数派になった」

鳴海の講釈が熱を帯びた。

「だが、あの狂乱の時代も捨てたものではない。会社への情熱、会社との一体感は、どこに行ったのか。あれは、実に貴重な集合財産だ。あの時代がこのまま風化してしまえば、文化的な喪失になるのではないかな。喪失した遺産を取り返す企業統治の再建が必要だ」

鳴海が何かに陶酔したような語り口になった。急な話の展開に、弓田は神経を研ぎ澄ませた。鳴海の押し殺した声が響いた。

「フフフ、君はある意味、大事なポイントをわたしに指摘してくれた。なんだか分かるか。経済を判断するのに、二つの見方があることだ。企業経済学と労働経済学。わたしはむろん企業経済学、君は労働経済学の立場からモノを見る。どちらが正しいかではなく、どちらも正しいのだ。だが、どちらも一面的だ。それは一つの巨大な彫像を表と裏から見るような具合だ。

企業経済学的に言おう。当社がいま最も必要としているのは——」

鳴海の目が焦点を失ったかのように空ろになった。それからひと息入れて、吐き出すように言った。

「最も必要としているのは、会社との一体化を社員にもたらして活力を吹き込む指導者原理だ。強い統制力でもって企業ガバナンスを強化し、世界を代表するメジャーバンクに脱皮させる。このシナリオに尽きるな」

弓田は内心「エッ?」と叫び、息を呑んだ。「指導者原理」とはフューラー・プリンツィープ（Führerprinzip）のことではないか。つまりヒトラーが唱えた言葉だ。1人のカリスマ的指導者が一丸となった国民を率いる——そんな全体主義の統治理念である。弓田は突然、ナチスがこの指導者原理に則《のっと》って作り出したスローガンを思い出した。

「一つの民族、一つの国家、一人の総統」

（これだ！　指導者原理を持ち出したからには、ナチスのような統治理念を銀行経営に吹き込もうということか？）

弓田は疑問を口に出した。

「指導者原理？　フューラー・プリンツィープのことですか？」

鳴海が弓田の怪訝な顔を楽しむようにまじまじと見た。

「そう、よく知ってるな。フューラー・プリンツィープ。元はヒトラーが用いたキーワードだが、これを現代の企業統治、国家統治に焼き直す必要があるのではないかな。指導者なき時代だからね。

コーポレート・ガバナンスは、卓越した指導者が指導者原理に基づいて強力に行う。ガバナンスの監視役は、社外取締役など外部の目で厳しくやってもらう——こういう企業イメージはどうかな？」

鳴海が弓田の反応を知りたがった。弓田が答えた。

「一種の全体主義的統制でガバナンスを強化する、ということですか？　だとすれば、時代錯誤に見えます」

「逆だよ。いまでは民主主義手法では万事、行き詰まって先に進めなくなってしまった。政治しかり経済しかり、だ。全体主義と言えば聞こえが悪いが、司令塔が適正な統制を加える、コントロールを強める、ということだ。

いい政策を決め、実行するには指導者原理に則ったリーダーシップが企業でも要《かなめ》となる。金融も90年代の自由化で業種の垣根が取り払われ、いまでは国境もなくなった。国内のアリーナで戦う剣闘士は国内の金融機関だけ、というかつての競争の構図。これがアリーナは海外にも広がり、参戦者は世界中から集まる、グローバル時代の構図に様変わりした。

変転やまないグローバル経済を生き抜くには、企業統治がグラグラと揺らいでいてはならない。盤石のガバナンスにするには、しっかりした哲学を持たなければならない。それがフューラー・プリンツィープだ」

「企業経営にその独裁政治の原理は通用しますか。そうは思えません」。弓田が反論した。もはや黙って聞いていられない、と衝動が彼の背を押した。

「なぜなら、企業活動は本来、自由に私的な利益を追求して公共的な需要に応えるものだからです。宗教や政治活動の持つ信条や主義とは無縁です。自由な私的活動がその本質です。経営者の役割は、社員の自由な発想と工夫を促したり、働きがいのある環境をつくってやることで、統制は二の次と考えます。フューラー・プリンツィープは、自由な経済活動には有害です」

弓田が鳴海と真っ向から対立した。鳴海が弓田を鋭く睨んで、薄い唇を開いた。

「企業経営について君にとやかく言われる筋合はない。わたしは管理職として経営の末端を担っている。経営の苦労については理解しているつもりだ。人を管理することの難しさは君には分からないだろうな。

君には経営に口を挟む資格はない。理由は、君は経営側から使われる身だからだ。立場が真逆だ。経営のことが分かるわけないし、知る術《すべ》もない。それに大体、君は理想肌に過ぎ、現実と実務というものを知らなさすぎる」

そう断定的に言って、ひと呼吸入れた。

一瞬、父親の映像が鳴海俊太郎の脳裏に流れた。(いまの弓田は、あの頃の俺と大して変わらない……)。反抗的な少年だった自分の両腕をつかんで父は、大声でこう諭したっけ。

「お前は理窟ばかり並べて現実をまるで見てない。いいかね、理想というやつはいつだって山の上の彼方にある。いつまで行っても辿り着けないのだ。熱い理想を胸に抱く。若いうちはそれでいいだろう。ウィリアム・スミス・クラークいわく『青年よ大志を抱け』。まさにその通りだよ。

だが、大人になり社会人になったら、別人に変わる。これが一般法則だ。別人という意味は、現実家であり実務家である、ということだ。プロとして社会に適応していく、理想は頭の片隅にひとまず置いといて、自分の足元とその先を見る。これが重要だ。成熟した大人の生き方だよ」

父の表情に一点の曇りもなかった。それから穏やかな口調に戻って、こう結んだ。

「いいかね、人生は生存競争なのだよ、絶え間のない戦いなのだよ。これを忘れるな」

弓田は黙って次の言葉を待った。

「君は労働経済学が得意、と見る。この分野では経験を積んだ専門家だからね。だが、誤解を恐れずに言うと、君は労働経済学の分野でも異端だろうな。非正規雇用でずっと暮らしてきたから、最末端の労働についてはよく知っているだろうが、正規労働、正規業務についてはは分かっていない。君は『貧困労働の実態』なる本は書けるだろうが、視野は限られるな」

鳴海が言い放った。その言葉の断片が、次々に弓田の心に突き刺さった。鳴海の声が響いた。

「君にひと言、助言しておく。早く正社員として身を立てることだ。このままでいくと、浮かばれない。せっかくの才能も君の努力も埋もれて終わってしまう。

君ももう30代半ばだ。いつまでも非正規雇用というわけにはいかないだろう。企業経済学的に見ると、どの大手企業も人事に関してはよほどの専門的知識や実績がない限り、35を過ぎると一般採用しない。40になれば例外なく採用から締め出される。45はどうやってもムリだ」

弓田に諭すように続けた。

「いいかね、どこの大手の人事部でもそうだが、年齢の節目ごとに採用制限を設ける。君は30代も半ば。年を一つ重ねると、バーは一つずつ上がって、君の採用基準は厳しくなる。〝いままで何をしていたんだ〟となる。

君は労働経済学的にしか見ないから、相手側の企業経済が分からない。企業経済の論理で経済が進んでいく、ということもわきまえておく必要がある。いまの境遇を続けると、君のせっかくの認識も一面的で支持が得られない。結局、いまの君を続ける限り、君は敗者になる。負け組から脱け出せない」

弓田は「ガーン！」と頭を殴られたように感じた。（いまの君を続ける限り敗者になる？）。弓田は咄嗟に自問した。（こいつこそ、頭がおかしい。人間を経済力でしか見ていないのだ。世の中、勝ち組と負け組に分けること自体、おかしい。が、この男の発想は出世と財力の観点から人間の勝ち負けを判断する。よし、それなら一つ論戦を挑んでやるか……）

弓田は正面から鳴海を見据えておもむろに訊いた。

「いまのお話から質問が二つ浮かびました」

「ほう、なんだろう？」

「一つは、あなたの言う勝ち組、負け組という基準は経済力と解釈していいですか」

「まあ、そういうことだろう。経済力が力の源だからね。これが社会的地位や権限と結びついて権力になる。権力を人は愛し、恐れる」

鳴海が自らが信じる人生哲学を語った。弓田がさえぎった。

「一方的ですね。経済力は確かに力の源です。これは認めないわけにはいかない。しかし、これを神様のように崇拝して、経済力の有る無しで勝ち組、負け組と言うのはおかしい。そう判断されるのは勝手ですが、僕は〝経済力は絶対の基準〟と考えていませんからね。

多くの庶民は経済力はあった方がむろんいいが、それが人の幸福を計る唯一の基準とは考えていません。カネを持つことは重要ではあるが、幸福にもいろいろある。幸福を追求し実現する手段としてカネは必要だが、カネとこれにまつわる権力の追求自体が目的となると、話は違ってくる。それは権力者の次元の価値観です。勝ち組、負け組の二極化判断の発想は、そこから出てくるわけです」

鳴海が足を組みなおして胸を反らせた。弓田をジッと凝視して言った。

「これを負け犬の遠吠えと人は言う。それで、もう一つの質問は？」

「人の評価を勝ち組負け組と二分法で分けるのは、そもそも間違いではないか。人生はダービーではなく、人間は競走馬ではない。二分法で評価されるのは迷惑だし、敗者と烙印を押されるのは不愉快でしょう。なぜなら、勝ち組負け組の判定は一発勝負の世界での話ですからね。

この言葉をその勝負に限って使うのなら分かる。一般用語としては不適当で、使うのはよくない。負け組とされた人々を傷つけますからね。人生、競争ばかりではない。自然とか周辺や世界の人々との共生という面もあります。勝ち組、負け組というレッテル貼りをされる側は迷惑なのです。グローバル時代の勝ち組は1人かひとつかみの者、ほかはおおむね負け組ですからね」

鳴海は、弓田の話が一段落するのを待って、内線でコーヒーを2人分ポットで注文した。ほどなくコーヒーが運ばれてきた。

鳴海はクンクンと香りを嗅ぎ、満足そうにひと口啜《すす》って言った。

「こいつがないと、落ち着かない。君との会話は私を疲れさせる。ここらで一服しよう。どうかね。このコロンビアン・コーヒーは？」

「いけます」。弓田が目を細めた。

鳴海が心からリラックスした表情に変わった。

「コロンビアのメデリンに出張した時から、病みつきになってね。ボテロの作った彫像が立ち並ぶ公園のレストラン。ここの最初の一杯で嵌まった。ブラジルもいいが、コロンビアが一番だね。苦みがまろやかでクセがない、すっきりする」

「僕もコーヒー党ですが、いつも安物のコーヒーなので、とびきり旨いです」

2人のコーヒー談義が盛り上がった。飲み終わると、鳴海が突然、緊張した面持ちに戻った。

「質問は以上かな？　なかなか興味深い点を突いてきたな。君の勝ち組、負け組論だが、たしかにグローバル時代の競争は厳しい。半導体やエレクトロニクスのような優勝劣敗がはっきりするようなＩＴ分野では、技術開発競争の結果、一夜にして勝敗が分かれる。スマホがいい例だ。

ケータイで先頭を切っていたノキアや日本勢はスマホの登場でアッという間に没落した。日本のケータイは、ガラパゴス化した。代わって主導権を握ったのがサムソンやアップルだが、中国勢の低価格攻勢でサムソンはみるみる後退——という具合だ。

この市場では一強多弱になる。グローバル競争にもろにさらされるＩＴ産業の宿命だろうな。市場が結果として勝ち組企業の独占もしくは寡占になる。挑戦者が現れて切り崩さない限りな」

鳴海が弓田を挑発するように見詰めた。ひと息入れ、

「グローバル競争下では勝ち組は1社か2社、負け組はゾロゾロ、という風景になるだろ

うな。資本力のある企業が有利だから、買収・合併も世界規模で盛んになる。これがいまの勝ち負けの構図だ」

と語ると、弓田に目で発言を促した。

「一強多弱の産業地図――その通りですね。すると、当然、個人の所得・資産にも跳ね返ってくる。上と下の格差は、グローバル時代にはますます拡大していく。日本、米欧だけでなく中国やインド、ブラジルのような新興国も経済格差が広がってくる」

「その通りだよ。米欧では金持ちと下の階層の格差はもともと大きかったが、日本や新興国もこのパターンになる。いやもっと深刻な、中産階級のない格差社会も現れるだろうな」

「トマ・ピケッティの『21世紀の資本』によると、アメリカの場合、富裕層の上位1％で全米の富の3割強、上位10％で7割強を握っている。たしか2014年だったか。ニューヨークで若者が〝ウォール街を占拠せよ〟と抗議集会を繰り返したことがありましたが、その時のスローガンが〝We are the 99%〟。つまり〝俺たちが99％だ〟、上位1％ばかり優遇するな、俺たち99％のことを考えろ、と政府や大企業に抗議しています。

ニューヨークから帰った友人の話では、アメリカの中間層はますます細り、その分、低所得層が増大している。当時、ニューヨークでは、5人に1人が市から食費補助を受けていました。

富の格差の点でもアメリカは先進国ですが、そのアメリカの格差も――ピケッティの広範な調査によれば――１９７０年代以降、拡大傾向を辿っています。欧州諸国も同様の傾向です。日本も同じく拡大し、貧困者は高齢者を中心に急増している。いまや生活保護を受ける者の半分は高齢者だ。日本の貧困層拡大のテンポは、先進国中おそらく一番速い。このまま手を打たなければ、高齢化が進んでもっと悪くなる。

先ほど年金問題の話が出ましたが、国民年金の実質6割にも達する未納から、30～40年後には相当な数の高齢者が低年金か無年金になる。そうすると、途方もない格差社会が出現する。かつてはどっしりと安定していた中間層がやせ細り、ひと握りの超富裕者と大多数の貧民という対立的な社会が……」

鳴海が発言を制するように口を挟んだ。

「異様な社会になって欲しくないが、二極化は進む。グローバル資本主義である限り、な」

鳴海が冷然と言い放って続けた。

「格差問題を改善する。そのためには所得税制の改革がカギになるだろうな。タックスヘイブンにカネを隠すような大金持ちへの思い切った課税。しかし、これはどの国でも難しい。社会主義になるような徹底改革はできっこない。支配層の利益と相容れないからね。そこでお茶を濁《にご》す改革でごまかす。これ以外にない」

鳴海がニタリと笑った。

「君の言ったウォールストリート型の若者のデモが、散発に終わらずに長続きしていけば真の所得再配分改革は可能だ。果たしてどうなるか。

だが、われわれ企業人は現実主義者でなければいけない。現実と見通しを踏まえてやっていく。二極化社会となれば、企業は需要も二極化していると想定して、富裕者向けとそれ以下向けに商品やサービスを考える。当然だ。

君が関心を持つ雇用についても同様だ。ここでも二極化が進む。これを前提にわれわれも雇用政策を考える。当然だ」

鳴海の気勢が上がった。弓田が黙って聞き入っている様子に勇気づけられて続けた。

「企業は使いやすい労働力を欲する。一方で、グローバル化の時代、変化は急激に過ぎる。そこで〝変化に即応できる陣容〟が必要だ。頭の切れる柔軟な経営者と対応の効くまじめな社員——この組み合わせが基本だろうな。とすると、たとえば正社員の手に余る末端労働を誰に任せるか。労働現場によっては時として危険な、つらい、奴隷がやるような肉体作業がある。これを君たちのような非正規にやってもらうのだ。非正規雇用がこのためにある。

しかし、非正規雇用といっても君のようなグレードの高い企画畑の者もいる。企業としては期限を切ってその才覚を活用し、企画力やアイデアを取り入れよう、となる」

鳴海が得意顔で言った。ここでポットを取り、空になったカップにコロンビアン・コーヒーをなみなみと注いだ。

「君もお代わりをどうかな？」。鳴海がコーヒーを啜りながら余裕の表情で言った。

弓田は鳴海から本音を引き出し、会社の非正規雇用政策についてようやく理解できたと思った。（この対話をもっと続ける必要がある……）

弓田が「いただきます」とコーヒーを注いで、語った。

「なるほど、聞いていると、非正規雇用者はいままでは正社員業務を補う単なる臨時や間に合わせではない。会社は雇用政策の欠かせない重要な要素として非正規を採用していることが分かります。

結果、ある意味、いまでは資本主義体制の不可分の労働要素として組み込んでいる――マルクス的に言うと、そういうことになりますか。しかし、だとすれば非正規雇用の問題は本来もっと大きな社会・政治問題になっていなければならないはず。そうならないのは、いまのところ非正規側の主張も弱く、既存の政党や労働組合がこの問題をまともに正面から取り上げないからでしょう」

「そういう点は否めない。非正規はバラバラで社会的に孤立しているからね。政治勢力に育つことは難しいだろう。

彼らが唯一、注目されるのは選挙の時だけだ。彼らのほとんどはどの政党も支持しない、あるいは関心を持たない無党派だからね。彼らがどう動くかで、選挙の行方が大いに変わる。

が、選挙の時以外はサイレント・ピープルとして無視されるのが落ちだ。彼らは君のマルクス学用語を使えば、低賃金でこき使われ、いつでもクビ切りに遭う現代版ルンペン・プロレタリアートと言っていいな。君はこのテーマを本に著してはどうかね。『新ルンペン・プロレタリア論』というタイトルで」

そう言うと、鳴海は薄く笑った。

(新ルンペン・プロレタリア論？　なるほど、これは興味深い……)。弓田は内心そう思いながら、話を次に進めた。

「二極化・格差問題。これを雇用の面からみると正規と非正規の差が歴然と出てきます。非正規雇用の年間所得は平均180万円くらいだから、正規雇用者のざっと3分の1でしょう。正規の中でも大企業社員は中小よりも年収はずっと上回るので、大企業正社員と比べると年間収入は4分の1くらいになる。

この格差がそのまま、いや退職金を含めると生涯収入の差はさらに広がります。非正規には退職金は出ませんからね。年金の格差――厚生年金と国民年金の支給額の差と合わせると、非正規と正規の格差は途方もない。非正規にとってこの〝見えない壁〟をどう越えるか、これが個々の生活の問題となります。が同時に、広い社会問題なので政治的解決が必要です」

弓田が鳴海の反応を窺った。

鳴海は聞きながら考え込んでいるふうだったが、弓田の目に促されて口を開いた。

「君はひと言で非正規というが、非正社員の中にもいろいろある。非正規雇用の方が都合がいい、という者もいる。なぜなら、フルタイムよりも自分の時間が持てるから好都合だとか、勤務時間は短いほど楽でいい、ストレスが少ない、あるいは夫の収入不足を補う程度で十分、等々の理由からだ。

〝130万円の壁〟もある。パートなどで年収130万円を超えると夫の扶養から外れ、年金3号被保険者の専業主婦の優遇特権が受けられなくなり、本人の保険料負担が必要となる。そこで、これを避けるため、年収を130万円以下に抑えようと働き方を調整する。彼女らはもともと正社員になる気はない。非正規雇用も、年収130万にならない範囲で、というわけだ。

わたしの人事部時代の経験では、こういう非正規願望は結構多いと見た。それに、だ。非正社員の男子の中にも、自由な時間が持てて会社に束縛されたくないとかフリーターとしていろんな経験を若者のうちにしたい、という者もいる。君もはじめはそういう気もあったのではないかな。

希望して非正規になっている者も、一緒くたにして非正規問題にくるめるのは、間違いではないかな」

鳴海が冷静に指摘した。

「御説、ごもっともです」。弓田が賛同した。コロンビアン・コーヒーの最後の1杯を旨そうに飲み干すと、おもむろに切り出した。

「非正規には、正社員になって安定した雇用を得たいと考えている者が3、4割います。不本意な非自発的非正規雇用者です。半面、希望したり家の事情から非正規の方を選ぶ者もいます。自発的非正規雇用者と言っていいでしょう。

こういうマチマチの事情が、たしかにこの問題の解決を難しくしています。問題は、主に非自発的非正規に発生します。このまま放置されると、いま全雇用者の4割にも上った非正規雇用者が、高齢化すると大挙して低年金・無年金の極貧老人となる。母子家庭の半分くらいは、最貧困の状態に留まる。そして生活保護になだれ込む悪夢のような光景が出現します。

若者の現状は、全雇用者のほぼ5人に1人が非正規雇用。彼らがこの先も非正規のままだと、高齢化した時にどうなるか。仮に国民年金保険料を40年間全て払い続けて満額の年金額を受け取ったとしても、月6万5千円ほどしか貰えない。これで暮らしていけるか。怖い将来が老後に待ち伏せています。これが文化国家の社会保障制度でしょうか。なんとかしなければならない」

弓田が熱っぽく説いた。

「君の不安も分からないことはない。制度の不備を言うのも、もっともだ。君は当事者だからな。しかし、重要なことは――」

鳴海がゆっくりした口調で念を押すように言った。

「重要なことは、君はまず、自分の不確かな足場をしっかり固めることではないかな。君がいまの境遇から抜け出し、正規雇用のいい職を得るか、自分で事業を立ち上げるか。

この点、当社での正規雇用の芽はしぼんだが、君の才覚なら他で可能だ。君の調査能力やプレゼンの能力をどこかで生かす。これが最良の道ではないかな」


その夜、思いがけない鳴海俊太郎との会合を弓田は行きつけの居酒屋で焼酎を飲みながら思い出していた。会合は、鳴海の弓田に対する個人的なアドバイスをもって終わった。それは耳に痛い、弓田の身の上を十分に察した者が腹蔵なく述べた言葉に違いなかった。

(なるほど。彼は実務家としていろんなことに精通している。とくに世渡りに……)

弓田は鳴海に対して当初の印象とは違う評価をしている自分に気づいた。

(こと世渡りに関しては並の感覚じゃない。そう、これがやつの真骨頂だろう)

弓田は手帳を取り出し、鳴海との会合の要点をメモした。

同じ頃、鳴海俊太郎は東京・六本木の行きつけのパブでウィスキーを飲みながら弓田誠との会合を思い出していた。弓田の言葉が響き、鳴海が耳を傾ける。

（やつは時にいいことを言う。雇用問題や格差問題、これに関しては的を射ていたな。やつの抱える不安はよく分かる。非正規の身だからな。将来、自分は、この国は、一体どうなるかと――。だが、俺の言った通りまずは自分の足場を固めることだ……）

鳴海はいつしか弓田に感情移入し、彼の立場について考えてみた。しかし、ほどなく考えることをやめた。

（フン、バカバカしい。やつがどうなろうと、俺の知ったことか。会社にとってやつは近く雇い止めだ。どうせ社外の人間になる。やつは非正規の不遇に腹を立てているようだが、結局は誰のせいでもない。自分が選んだ道だ。いや、迷い込んだ道と言うべきかな。哀れな子羊だ。

が、不運ではあるが、やつの能力と意志力を以てすれば、何とか脱け出すのではないかな。俺の勘では、やつはこのままでは終わらない）

鳴海は手帳を取り出すと、弓田との会合の要点をメモした。

Ⅵ　独立

1．運命

弓田が木内雅実と出会ったのは、臨時工としてZモーターの埼玉工場に初めて出社した日の午前だった。

　この日、生産管理課の現場事務所に行き、朝8時20分から始まる朝礼に出席した。全員、立ったまま10分程度行う。すでにその頃には、部品の納入などで出入りするトラックの騒音が響いて、人の話し声が聞き取りにくい。

　それでも班長に命じられ、少年に見える白衣の工員がガラスの扉を閉めると、係長の平田純一のかん高い声が弓田の耳に入った。

「今日、入った新人を紹介する。先週の田中君に続いて同じ出荷調整に当たってもらう弓田君です。期間は増産に向かう3カ月間、みっちり働いてもらいますから、君たちも仕事の仕方、手順をよく理解できるように教えてやってくれ。

　弓田君は相当の秀才だから、覚えもはやい。ぼやぼやしてると、すぐに追い越されるよ」

　平田が8人の係員全員を睨むように見回しながら皮肉っぽく言った。

「よろしくな。では弓田君、挨拶をひと言」

「頑張ります。よろしくお願いします」

弓田は素気なく挨拶した。内心は（〝秀才〟などと余計なことを言いやがる。これで俺は全員から反感を買うこと間違いなし……）と思いながら。

始業を知らせるクラシック曲が流れ出した。ベートーベンの『田園交響曲』だ。

平田が姿勢を正し、右から順に1人ずつ部品の調達状況を訊いていった。

「予定通り揃っているか。異常があれば報告を！」

一巡したあと——

「よし、異常なしだな。では取りかかろう」

そう叫ぶと、全員がガラス扉から出て行き、各自が予め用意した部品を積んだ台車やバッテリーカーの方に散っていった。

弓田だけが、平田に連れられ、反対方向に歩いて行った。生産管理課が実施する新人の実務研修に参加するためだった。ここでひと通り仕事の流れ、内容の説明を受ける。現場でこれから行う仕事に関し大雑把に理解してもらうのが狙いである。

といっても、この〝スピード研修〟は60分ほどで終わり、その後工場を見て回る予定になっていた。

木内雅実との出会いは、このスピード研修の場であった。教員役はベテランではなかった。弓田が着席すると、自分よりも明らかに若い、女子大生のような雅実が、ホワイトボードを背に立ち上がったのだ。そして生産管理課の仕事の流れと各担当セクションの業務内容をひと通り説明した。終わると、弓田を間近に見下して言った。

「以上が仕事の概要ですが、ご質問、あるでしょうか？」

「はい、二つあります」。弓田が即座に右手を軽く挙げた。

「現場の緻密な組立工程に感銘しました。1人ひとりの役割がとても大切だと思いました。仮に組立部品に不具合が見つかったり、組立作業に思わぬ時間がかかったりした場合、どういう対応をするのでしょうか？　もう一つの質問は、作業員が休んだ場合は穴埋めをどうするのか、です」

「ハイ、組立部品が一見して不良だと分かれば、すぐに他のと差し替えます。ボルトが嵌らないなどで部品の取り付けがうまくいかないような場合は、ラインが進んでいくので、いったんラインをストップさせることもあります。でも一番いい対策は、そういう不具合品が出ないことです。なので、部品をきっちり標準化して均質な良品を納入するようにしています。

二番目のご質問ですが――」

雅実が淀みなく答えた。

「作業者が突然、体調を崩したなどで休みを取るような場合、班長が代わって作業します。応急の仕事は、ふつう、ベテランの班長が責任を持って対応します。手が足りない時は副班長が応援します」

この種の研修で、雅実は教員役をこれまでに10回務めたが、質問を受けることは滅多になかった。大体において受講者はノートに黙々とメモを取ったあと、質問なしで研修場を去ったものだった。

「分かりました。ありがとうございます」。弓田がこっくりと頭を下げ、雅実を見上げた。

2人の視線が緩やかにぶつかった。一瞬、2人とも相手に好意を感じた。

雅実の傍らでメモを取っていた係長の平田が、立ち上って言った。

「今日の説明はとくに分かりやすく、役に立ったと思う。ありがとう」

それから弓田の方に振り向き、

「では次へ進もう。現場研修だ。ひと回り、ゆっくり工程を見てもらう。エンジン組み立て、部品のアッセンブリ組み立て、検査、出荷——この順で全工程だ。全部で90分を予定している。メモを取っていて足を滑らせないように」

言い終わると、平田は先になって事務所を出て行った。

2人の二度目の出会いは、その週の終わりに訪れた。月に3回開かれる生産計画会議に、平田の突然の要請で代わりに出席することになったのである。

平田は会議直前に、何か事故が起こったらしく慌ただしく現場に向かった。「聞くだけでいいから、俺の代理で頼む。あとで結果を聞かせてくれ」と言われたのだ。(入りたての臨時工に会議を任せるなんて大丈夫かな?)と弓田は自問しながら、会議に赴いた。

そこで、出席者にプリントを配っている雅実を見た。弓田が雅実に歩み寄り、

「係長は、緊急の対応で手が離せなくなり、自分が変わって出席することになりました。メモを取らせてもらいますので、よろしくお願いします」

と伝えた。雅実が切れ長の目を見開いた。

「代理出席の件、内線でお聞きしました。どうぞお好きな席にお座りください」

雅実が微笑して応えた。心なしか弓田の心臓の鼓動が高鳴った。

(もしかしたら、また彼女の説明が聞けるかな)

弓田の心に期待の灯が点った。

案の定、定刻に始まった会議から間もなく、彼女が生産管理課長の説明を補足する形で立ち上がった。

「この計画変更に関してですが、ポイントは当初予定していた増産水準を後半の20日から月末までさらに1割上乗せしなければならないことです。それも現状の要員でこなしていかなければなりませんから、問題になりそうな部品は今から確保しておく必要があります。つきましては——」

そう言って、雅実は過去3カ月に欠品や不具合品騒ぎを起こした部品リストを示したの

だった。それからこう付け加えた。

「ご欠席の平田係長に弓田さんの方から伝えてもらいたいのが、このリストのうち問題のあった◎の付いた部品です。とくに注意する必要があります」

「弓田さん」

「分かりました」と自分が名指しされたことで、弓田の頬が紅潮した。

「いま、指摘した通り◎はいつも注意してかかる必要がある。◎は納入全体の2割程度だが、クレーム品の8割程度を占めるからね。これは経験から言えることだ。安心安全部品は8割、危ないリスク品は2割だと」

特別増産体制に備え、下請け業者からの部品調達が支障なくできるようにする――これが会議の狙いだ、と弓田は理解した。そう思いながら◎リストに目を走らせると、驚いたことに弓田が1年前に臨時工で6カ月ほど働いたカイゼン精機の名があった。

(あの会社なら◎も大いにありうる)と弓田は想像した。(俺の経験からすると、何が起こってもおかしくない……)

弓田は記憶の引き出しから、1年前のあの日の奇怪な出来事を手繰り寄せた。

晩秋のどんよりとした灰色っぽい町工場の風景が、目の前に甦った。

カイゼン精機は東京・大田区に本社を置く自動車部品メーカーである。上場していない中堅企業だが、カーナビとトランスミッションでは世界水準の技術を持つと評価されている。かつては日産系列だったが、いまは他の自動車メーカーとも取引する独立系に分類されている。

このカイゼン精機で弓田は欠員が出た経理部に所属し、6人の部員に混じって事務処理に従事していた。弓田の正確で速い事務処理は、たちまち周囲の高い評価を得た。経理部長の鮫山を除けば、男が1人しかいない〝女性の職場〟だったため、弓田に寄せる部長の信頼は時と共に増していった。弓田にも折に触れて自分が頼りにされていることが分かった。

そんな年末のある夕、弓田は部長室に呼ばれた。

「折り入って頼みがある。いまから申し渡す数字をこの帳簿に正確に記入して、損益計算書の原本として厳重に金庫に保管しておいてもらいたい。このことは厳秘扱いで、決して口外してはならない」

弓田は息を呑んだ。(なぜ、僕がそんなことを頼まれなければならないんだ?)

弓田が怪訝な顔で鮫山が差し出した帳簿を受け取った。その帳簿の表紙の上に赤いテープが貼られてある。鮫山が声を抑えて言った。

「赤いテープは外しておこう。いいかな。いまから言う数字を順次記入してもらう。間違いないように正確に入れてほしい」

それから、鮫山はゆっくり、はっきりと数字を口にした。弓田がその一つ一つを慎重に帳簿に記載した。

1時間近く経って、作業はようやく終わった。

「ご苦労さん」。鮫山が低くつぶやいた。

「本当にご苦労さん」。そう言って、内ポケットから紙袋を取り出した。

「これを受け取ってください」

「はあ？」。弓田が戸惑いながらも、受け取った。

あとで封を開けると、現金3万円が入っていた。メモが同封されている。

そのメモには、

「ご協力に深謝。依頼した案件に関しては、内密にお願い致します」とあった。

弓田はますます戸惑った。内密にしなければならない理由とは？　一体、部長は何を企んでいるのか——。

はっきりしていることは、何かしらよからぬ目的で不審な行為に及んだことである。

その目的が見えてきたのは、2週間後だった。大森税務署が税務調査に入ったのだ。税務署側は「通常行う定例の査察」と説明していた。

定例の査察だと、ふつう5年に一度の頻度で実施される。しかし、経理部のベテランの話では、前回の査察は2年前だった。サイクルが短すぎる。弓田は「納税に関して当局に何か疑われる事案があったのでは？」と疑問を抱いた。

その日、査察に2人の税務署員が訪れた。1人は同社の所在地域を担当する第3統括官、もう1人が1等調査官。

応接室に2人を迎えた鮫山は、求められた財務書類の提出に、「ご用意できてます」と、何食わぬ顔で応じた。弓田が書類の束を抱えて来て、テーブルにドサリと置いた。

この中に、件《くだん》の帳簿があった。「内密に頼む」と言われた帳簿である。この帳簿が含まれた書類一式を、税務のプロが一心にチェックするはずだった。

このうちの少なくとも1冊は、虚偽記載してあるのではないか——弓田はそう疑ったが、むろん口には出さない。女子社員がお茶を運んで来た。

統括官が不意にヘンな質問を発した。

「これですべてですか。すべて公正かつ正確に記載されていますか？」

鮫山が虚を衝《つ》かれたように一瞬、動揺を見せたが、すぐに平常心に返って答えた。

「これですべてです。無論、すべて会計基準に則《のっと》って公正かつ正確に記録してあります」

弓田は胸がギュッと締められる感覚に襲われた。が、何事もないかのように、部屋を退去したのだった。

ドアを閉じた後、一つの確信的想念が弓田の心に閃いた。

その想念とは——いま税務署員のチェックしようとする帳簿の一つは、間違いなくデタラメに作られたウソの帳簿である。つまり、二重帳簿を作り、ウソの帳簿の方を税務署に提示しているのだ。では自分は、上司から言われるまま虚偽の損益計算書の作成を手伝った下手人だった。この役割の謝礼に、3万円を受け取ってしまったのだ。

そう確信した時、弓田の腕に鳥肌が立った。

弓田はいま、この忌まわしい記憶を呼び起こしたのである。

高梨のだみ声が響いた。

「◎をしっかりマークする。重点マークを徹底すれば、どんな特別増産でも乗り切れる」

どうやらこの工場は活況を呈していて、増産に増産を重ねる〝特別増産〟は珍しくないようだ、と弓田は直感した。円安の恩恵を得て、輸出の花形・自動車産業はどこも絶好調、と同僚から聞いている。

入社して2週間と経たないうちに、好景気の波がこの自動車工場にもひたひたと押し寄せていることを弓田は実感できた。生産台数が増え続け、持ち場の出荷現場はやがて超繁忙になった。体で好況を感じたのである。

弓田は肉体労働が苦手ではなかった。いやむしろ、体を動かす肉体労働の方が、時には望ましい。なぜなら、くよくよとした悩みや不安を忘れ去ることができるから、と考えていた。肉体の鍛錬にも気を配り、休日にはジョギングや腹筋運動などに精を出す。

だが、肉体労働にも「適量」というものがある。工場労働のほとんどは単調な繰り返し工程だから、1日が終わればくたびれ果てる。弓田も例外でなかった。最初の1週の勤務でへばってしまい、〝バッテリー上がり〟になった。気力もさっぱり湧いてこない。

そんなブルーな気分の中、木内雅実の面影が心に何度も去来するようになった。

2週目の終わり、三度目の出会いが実現した。今度は偶然ではない。弓田の方から仕掛けたのだ。

昼の休み時間、弓田はいつもより遅い時間を見計らって社員食堂に赴いた。

思った通り、雅実が奥のテーブルで同僚らしい女性と食事をとりながら談笑している。

弓田がトンカツ定食のトレイを持って近づいた。2人は話に夢中になっている。弓田は2人の両側の席が空いているのを見届けると、雅実の傍らに立って尋ねた。

「こちらの席に、よろしいでしょうか?」

雅実がすぐに反応した。

「どうぞ」。そう言って相手を見上げて弓田と分かると、「あらっ」と驚きの声を上げた。

「お久しぶりです。さあどうぞ、どうぞ」

弓田はトレイをテーブルに置き、腰を下ろすと、「これが僕のエネルギー源です」とつぶやいた。

「エネルギー源? 分かります。トンカツは一番カロリーが高いですもの」

雅実が〝納得顔〟をした。弓田が付け加えた、

「トンカツはゲンもいいですから。トンと上がって勝つ、と」

雅実がニッコリと微笑んだ。弓田の横顔を見ながら（弓田君って、結構、面白いんだ……）と確信した。

弓田は勢いよくトンカツの1片を箸でつかんで、かぶりついた。モグモグと頬張りながらつぶやいた。

「大変うまい……」

それを聞いて、雅実が「クックッ」と笑った。

「本当にお腹が空《す》いていたんですね」。

「そうなんです。熱効率が悪いもんですから、すぐに空いてしまうんです」

そう言うと、味噌汁に手を伸ばした。

「こんなことを言ったら失礼かもしれませんけど、あまりおいしそうに召し上がるので、こちらも食欲がまた湧いてきました」

「それは何よりです」

弓田は今度は、一心不乱に豆腐の味噌汁をすすると、「大変うまい」と、また満足げにつぶやいた。

「お食事はいつも楽しむんですか？」

「もちろんです。アメリカの建国の父とも言われるベンジャミン・フランクリンは、たしか〝生きるために食べよ〟という名言を残していますが、〝生きるために楽しく食べよ〟と言うと、もっと分かりやすい」

2人はドッと笑った。会話が弾んだのを機に、隣の彼女の同僚が「お先に」と言って立ち去った。食事をとる大勢の社員の中で、2人だけの空間が作られた。

弓田の心が（チャンス到来）とせっ突いた。トンカツの3口目をたいらげると、雅実の耳元にささやいた。

「この前は、親切にご指導いただき、ありがとうございました。助かりました。あの時はまだ入りたてのヨチヨチ歩きだったので、本当に支えられました」

「そんな……仕事で当たり前のことをしたまでです。わたしこそ、質問を受けて勉強になりました。いつも質問には、緊張します。咄嗟にきちんと答えなければなりませんから。弓田さんのご質問の内容は、並外れていましたから、余計に緊張しました」

弓田が声を落として言った。

「これからも分らないことがあれば、よろしくお願いします。その節は、メールでご連絡してよろしいでしょうか」。弓田が恭《うやうや》しく頭を下げた。

「もちろんです。わたしで差し支えなければ」

雅実がキッパリと言った。

これが2人の交際のきっかけとなった。ほんの数分の会話で、2人は共に直感で相性を感じ、好意を深めた。2人とも「見えない糸」で結ばれている感覚を持つようになる。「見えない糸」の感覚――これこそが、古今東西の恋人たちに共通するものである。同志愛にせよ友情にせよ夫婦愛にせよ、この結び付きの感覚が、あらゆる共同体感情の基礎となる。

しかし「見えない糸」がある日、プッツリと切れてしまわないとも限らない。この糸は特別製で、絶えざるメンテナンスが必要となる。糸の主な構成要素は「信頼」であり、その保持が「見えない糸」を持続させる。

一般に「見えない糸」で結ばれるカップルは、似て非なる者同士が多いといわれる。好一対のカップルが、最上の組み合わせになりやすい、ということだ。相手の弱みや欠点を補い合い、助け合うという支え合いの性質がそこにある。

弓田と雅実の組み合わせも、好対照の個性が成した感があった。

「見えない糸」が途切れないためには、結び付きを弱める「負の解体要素」を排除しなければならない。

その解体要素の最たるものは、信頼の喪失である。

過去の実績から積み重なった「信頼」は、未来の「希望」をもたらす。信頼して仕事を任せたり任せられれば、先行きの豊かな収穫に希望が持てる。信頼と希望とは密接にリンクしているのだ。

このように「見えない糸」による結び付きとは、つまるところ信頼とそこから生じる希望に基づいていると言える。「彼は親友だ」とか「恋人だ」とみなすのは、信頼と希望による結び付きの感情に支えられているからである。

しかし、悪魔のささやきが、しばしば混乱や懐疑に乗じて「見えない糸」を切断しようとする。背景に、「彼、彼女、仲間、会社、組合がもはや信用できない」という信頼の喪失がある。結び付きの「正の要素」と解体の「負の要素」を決定づけるものは、信頼感なのである。

「信頼感」とは、不思議な言葉だ。客観的な基準があるわけではない。あくまでも、その人にとって「信頼できる」という感覚である。他の者が「信頼できない」としても、自分は「信頼できる」のであれば、その信頼感は正当なのである。

「親バカ」という言葉があるが、親が子どもを盲目的に信じ、支えようとするからこそ、子は信じられ、支えられて安心感を得る。たとい非行の道に踏み込んでも、更生する可能性は親バカのお陰で高まるのである。

この信頼につながる「見えない糸」で、2人は初めから結ばれている感覚を共有した。この感覚を2人は大事にした。通過して去る、いつもの人間とは異なる出会いを感じたのである。

言い換えれば、この感覚は「来て去る」一過性のものでない。「来て留まる、そして留まり続けそうな」永続性のものであった。

そこから相手への関心とか思いやりの感情が深まっていき、相手も同様にこれに応えていく交互のケミストリィが生じる。

こうした「見えない糸」は一見、偶然のようだが、当事者にとっては革新的に感じられる。そこには単なる周囲を通過していく〝通行人〟とは違う何かがある——。

人はしばしばこういう出会いを運命的と直感する。その人は否応なく扉を開けて、入ってくる運命の人なのだ。

弓田にとって雅実がその人であった。ひと目見た時に、通行人とは別種の人格を感じたのだった。その感覚がどこから来たのかは自分でも判然としない。だが、たしかなことは、それを確信的に感じ取ったのである。

この特別の印象は大事に扱わなければならなかった。考えてみると、社会人となって10年くらいの間、自分は大都会のターミナル駅構内でせわしく行ったり来たりする群衆に混じって歩いているようなものだった。誰もが通行人に過ぎなかった。

ところが、弓田は無数の群集の中で雅実にふと目を留めたのだった。特別な何かを感受したのである。

このことは、雅実もまた同様であった。

これ以後、2人だけの時間は2人を呑み込んで急速に流れて行った。

2. 希望

木内雅実は頬をうっすらピンクに染め、目を見開いて弓田を見た。そのひたむきな眼差しが、話の先を促している。

近頃、弓田が時折り密かに思い浮かべるシーンだ。

いつかは言おう、言おうと心に温めていた思いが、何かのきっかけでほとばしり出ることがある。いまでは「あれがその時だったのだ」と弓田は思う。

給料が支給された月末のその日、弓田は馴染みのコンビニやスーパーには行かずに、ファミリーレストランDで雅実と夕食を共にしていた。そして恋心を抱く雅実と一緒に食事をし、懇談する幸せを噛みしめていた。

2人ともグラスワインを手に浮き浮きした気分になっている。

雅実がポツリと言った。

「私たちって気が合うわね。あなたと話していると時間の経つのを忘れるもの」

「本当に、そうだね。浦島太郎のようにひたすらに楽しんで時を忘れる……」

「時間て、楽しんでいると早く過ぎてしまうのね」

雅実がフフフと笑みを漏らした。

「そう、逆に悩んだり苦しんでいる時間は滞る。まとわりついて、なかなか過ぎ去らない」

「立場によって伸縮するのね」

「その通り、時の流れはその時々で変わるんだ。こうやって楽しみに打ち込んでいると、いつの間にか時は過ぎ、気がつくと人は老いている」

弓田が時間の性質について語り出した。

「だから、中世にはこういう人生哲学が生まれた。

青春はうるわし　されど逃れゆく　楽しみてあれ　明日は定めなきゆえ」

「へぇー、それって誰の言葉?」

「中世イタリアで勢力を振るい、芸術家たちを支援したメディチ家のロレンツォの言葉さ。ボティチェリやミケランジェロのパトロンとして知られる。こういう芸術家肌の庇護者がいたから、ボティチェリは思い切り美を表現できた。『ヴィーナスの誕生』のような傑作をね」

雅実が感銘した、というふうに大きくうなずいて言った。

「『ヴィーナスの誕生』、実物をフィレンツェのウフィツィ美術館で見たわ。華やかな美しさね。画面全体が光り輝いている……」

「で、世の中が変わりフィレンツェの黄金時代を築いたメディチ家が没落すると、ボティチェリの絵もめっきり暗くなり、生気を失ってゆく。芸術が時代の流れと共に変化するのが分かる。それにしてもルネサンスは偉大な時代だったね」

弓田の想像の翼が、賛美するルネサンスに舞い戻った。

雅実の見るところ、会話の途中で弓田の〝ルネサンス回帰〟はよく起こる。

「考えてみると、メディチ家のパトロンのお陰で芸術が一斉に花開いた。メディチ家は銀行業で財産を蓄え、優れた政治・外交の力でフィレンツェを実質支配したわけだ。研ぎ澄まされた美のセンスと巨大な財力で、数多くの芸術家を支援した例は、ルネサンス期をおいてないね」

「現代はかつてのパトロンに代わって、企業がスポンサーになる？」

「いや、企業のスポンサーたちの関心は主にテレビのようなメディアに向かっている。でき上がった名画を高額で買い取ったりするが、パトロンになって芸術の卵を育てるようなケースは稀だ」

「ルネサンスの芸術家は、例外的に恵まれていたわけね」

「その通り。芸術を生み、育てるパトロンだが、よく見ると、パトロンの働きは二つあるね。一つは財力による支援。もう一つは何だと思う？」

「……」

「もう一つはモラルサポートだ」

「モラルサポート？」

「そう、精神的支援だよ」

雅実が少し緊張した面持ちで身を乗り出した。

「そう、勇気づける精神的支援。士気を高めるサポート。これがなければ孤軍奮闘の挙句、討死となる恐れが大きい。人間、孤立していては長期にわたってもちこたえられないからね。味方の友軍がいつも身近にいて支援する、そんな心強い状態が芸術的創造には必要なのだ。いや、何も芸術に限らない。あらゆる価値ある創造行為にね」

弓田の口調がだんだんと熱を帯びてきた。

「ところで……」。弓田が声を落として雅実を見つめた。

「僕は愛する人にこのモラルサポートならふんだんに提供できる。財政支援の方は、いまのところ目途が立っていないけど……」

雅実が黙って耳を傾けている。

「いまのところ、地表にコンコンと湧き出る愛の泉は無尽蔵に見える。あふれた泉は野道沿いに流れ行く。そして、清新の水は春を告げる水仙の花園に幾筋にもわたり注がれる。

その花園の奥深くに一軒のあずまやが建っている。よく見ると、美しい女が、あなたが、そこに佇《たたず》んでいる――。

　いま、こういうイメージが浮かんだんだ。……これが僕の心の風景だ」

　そう言うと、雅実の反応を見た。

「まあ、あなたは学生時代、同人誌に詩を書いてたって聞いたけど、それって詩人の想像力ね。愛の泉、流れ行く水、花園、あずまやに佇む女――そのあとエンディングはどうなるのかしら？」

「さすらいの旅人はあなたと知り合い、双方の愛を確かめたあと心を決める。そしてプロポーズしようと思うが、生憎《あいにく》カネやモノを持たない。が、幸い心の宝庫ならある。ここから大事なものを彼女にプレゼントするほかない。

　モラルサポートを惜しみなく捧げていこう。旅人はそう考えて彼女に心を明かし、求婚する……」

　雅実が思いに耽ったように、遠くを見る眼差しをした。

「この旅人をぼくに置き替えてみて。あなたと一緒ならきっとうまくいくはず……モラルサポートに続いて、いずれフィナンシャルサポートも、しっかりやる。きっとやる。約束しよう」

　雅実は押し黙ったまま、何事か考えているようだ。その表情から思考の内容は伺い知れない。

弓田がしばらく雅実を見つめていると、テーブル上の彼女の握る拳にギュッと力が入ったようだった。

「わたし、一生、あなたのモラルサポートが必要よ」

雅実がきっぱりと言った。

弓田の表情が輝いた。

「それはよかった。ありがたい」

それから、急いで付け加えた。

「きっと幸せにする、きっとね」

弓田が雅実の手を引き寄せて握り直した。弓田の熱い思いが伝わってくるのを彼女は感じた。

弓田が彼女の目を見詰めて言った。

「次に、僕らの結婚生活の具体的なプランを考えてお見せする。きっとあなたが喜ぶものをね」

彼女が首を横に振った。

「わたし、あなたのモラルサポートは必要よ。でも結婚は考えてない。わたしたち、結婚にとらわれる必要はない」

弓田が握っていた手を離した。

「なんだって？　結婚しない？」

「そう、しない。熱い友情は維持していく。あなたと伴走していく。でも結婚はしない」

弓田が呆然と雅実の目を見た。

雅実は平然と微笑んでいる。

「わたしたち、愛のニューモデルを示せるかしら。男と女の愛が必ず結婚に行き着かなければいけない、というのは、20世紀までの伝統的な愛の慣行。21世紀にはこれにとらわれない愛のあり方になる」

「フーム」。弓田がうなった。頭の中は混乱し始めたようだ。

「そう、20世紀半ば、実存主義者のサルトルとボーヴォワールはすでにそんな関係を生涯にわたって築いた。2人は互いに認め合う最良の伴侶だった。2人ともこの関係でお互いを刺激し、高め合うことができた。これがわたしたちが見習う愛の関係ではないかしら」

「……」

「伝統的な愛。わたし、それを否定するつもりはない。でも、これには罠があると思うの」

「罠？」

「そう、壮大な罠。愛を制度に嵌め込む罠。この縛られる罠の中で、愛は窒息しかねない」

「……」

沈黙の後、弓田が口を開いた。

「その罠はいい面もむろんあるけど、悪い面もある。子を育て子孫を残すという点で、必要な制度だろうが、縛られない愛の見方からすると、欠陥がある。どちらを取るか。雅実は後者を取る。そいういうことかな？」

「そういうこと」

雅実がぶっきらぼうに答えた。

弓田が、手を再び雅実のに重ねた。

「なるほど。考えは分かった。2人の関係は大切にしていくが、結婚はしない、と」

弓田は一瞬、学生の頃に読んだサルトルの『嘔吐』を思い出した。

ぼんやりと憶えているくだりがあった。アニーとかいう名の女だった。仲良しだったその女に新しい男ができて、別れ話が持ち上がる。女に再会を約束させようとしたが、断られる。明日、女は男と鉄道を使ってパリからディエップに向かう。その列車が発つ時刻になれば、「わたしたちがきのう交わした会話は、一つの思い出になるだろう」と主人公は思う。

弓田誠は何かしらこの主人公と同じような気持ちになった。（たしか物語では、こうなった……）。弓田は一瞬にして次の展開を鮮明に想い起こした。

主人公はアニーのことを考えまいとした。その身体と顔を頻繁に思い出すために、すっかりいらだってしまったからだ。手が震えた。冷たい戦慄が身内に走った……。

弓田と雅実は、ちょっとの間沈黙した。雅実はジッと見詰めている。弓田の頭に閃光のように一瞬、恐ろしい孤独感にさいなまれた主人公の蒼白の顔がよぎった。

物語は、自分は自由だが、この自由はいささか死に似ていると感じる主人公を追いかける。

（そう、自分もそいつと同じように吐き気に襲われるのか）。弓田は雅実を見ながら自問した。

雅実は、あの時のアニーのように急に20年、いやそれ以上に年を取ったように見えた。落ち着き払い、どんな困難をもはね返すような強靭な精神の持ち主のように思える。

「唐突に思えるでしょうが、わたしの基本のところは変わってないの。分かってもらえる？　わたしたちの愛は変わらない。変わってはダメ。縛られたくない。干渉されたくない。ムリに結婚の枠の中に、閉じ込めることはないの。自由に愛し合うことが大切。そういうことよ」

雅実の声がコロラトゥラ・ソプラノのように甘く響いた。弓田が背中を押された。

「たしかに物事にはプラスとマイナスの両面がある。結婚も同じだ。慣行であり制度だからね。どうしても世俗の有象無象の要らぬ力が押し寄せる。助かるものもあるが、煩わしいもの、邪魔なものも押し寄せて人を流す。

あなたはよく考えた上で言っていることが分かった。その気持ちは尊重しよう。古代ギリシャのソクラテスやプラトンのように、知恵を得るために結婚しない哲学者もいた。僕ももう少し考えてみよう。基本的には反対ではない」

弓田が腹をくくったように言った。

3．新生活へのシナリオ

大いなる悩みが生じた時、弓田誠には幸運にも相談できる親友がいる。学生時代のゼミ同期生の山川光輝だ。

山川はいまの自分と同じ職種に属する。菱友銀行と競合するメガバンクが勤務先だ。2人の身分は「エリート正社員幹部対非正社員」と、大きな隔たりがあったが、職場の悩みの多くは共有できる。

山川は弓田から電話を受けた時、何かしら重要な選択を前に迷っているようだ、と見た。弓田はこう言ってきたのだ。

「御無沙汰。元気かな？　話したいことが出てきた。詳しくは会って話すが、じつに悩ましい問題だ。ぜひ知恵を貸して欲しい。せかして申し訳ないが、来週の土曜日に1、2時間ほど時間を取れないだろうか。都合のつく時間に僕の方からそちら名古屋に赴く」

このような突然の電話でこの日の夕、2人の旧友は山川の勤め先近くのコーヒーショップで1年ぶりに落ち合うこととなった。

先に着いて待っていると、山川がいつものように、泰然と店の入口から姿を見せた。山川を見て手を挙げると、微笑みながらやって来た。

「急ぎ解決すべき大問題発生かな？」。山川が弓田に探りを入れた。

「お察しの通り」

弓田が懇願するような眼差しを向けて切り出した。

「じつは彼女ができてね……」

「彼女？　いい話じゃないか」

「大変いい話だ。彼女といるときは最高に幸せな気分だ。彼女の希望で結婚はしないで、できれば一緒に暮らしていく。そのための備えが要る。その件でご相談」

「エッ？　結婚しない？　彼女の希望？　どういうことだ」

「生涯の最良のパートナーとして、いまの関係を維持、ということ。彼女は結婚至上主義ではない。独自の結婚観を持っている。結婚はむしろ愛を枠の中に閉じ込めてしまう危険な代物と考えている。愛の自由を阻害する制度とね」

「へー、驚きだな。お前はそれを受け入れたのか？」

「受け入れた。が、2人の生活のベースはしっかり作らなければ、と考えた。風来坊のままでは、1人で食っていくのもおぼつかない。ところが俺はいまご覧の通りだ」

「いま、年収はどのくらい？」

「220万足らずだ。年によって多少バラつくが」

「それじゃあ、やっていけない。彼女は仕事に就いているの？」

「彼女は大企業勤め。Zモーターの正社員だ。収入は俺の3倍はあるな」

「なら、当面、彼女に養ってもらうんだな」

「そうはいかない。俺の自尊心が許さない」

「お前らしい。なら期間猶予で、1年は生活の面倒を見てもらうが、2年で経済的に自立、生活費を半々でシェア——というのはどうかな？」

「さすがだ。俺もその種のシナリオは考えていた。シナリオをまず、しっかり作ってから2人の生活を始める。シナリオは幾つか用意する必要がある」

「ちょっと待て。そんな収入だと分かれば、どんなシナリオを作ってもシナリオ倒れになる恐れがある。彼女は知っているのか？」

「彼女は俺が非正規雇用の身で低収入であることは承知している。俺の立場はよく分かっている。だが、彼女は俺を見捨てたりはしない。何しろ俺は信頼されてるし、相思相愛の仲だからな」

弓田が自信ありげに続けた。

「シナリオを幾通りか作る。その中から最良のを選んで、これを持って彼女に生活提案する。彼女は幸せいっぱいに、俺の提案を受け入れ、いよいよ2人の生活が本格スタートする。これがメインシナリオだよ」

山川の頬が緩んだ。

「フフフ、そのメインシナリオはいいな。ロマンチックに甘美に聞こえる。だが、現実は甘くない。2人の生活も海の波の上だ。穏やかな凪ばかりでない、しけにも襲われる。しっかりしたシナリオを作り、実行していくに限る」

弓田の目に山川が高校時代の厳しかった国語教師と二重写しになった。

「全くその通りだ。シナリオ作りを具体的に詰めていきたい。そのヒントの一つでも得ようと、こうしてやって来た。お前は俺の最良の理解者兼批評家だからな」

「それならヒントの一つを言おう。光陰、矢のごとし。お前も俺も30代も半ばになる。企業や役所レベルでは中堅幹部だ。事実上、かなりの決裁権を持つ。この年齢層が組織の中核となり、仕事をバリバリ進める。俺のケースで言えば——」

山川がギラつく目で弓田を見つめた。

「この前、内示を受けた。課長と同等職の主査だ。来月、最年少で主査となる。権限も増え、仕事も増え、仕事の質も高度になっていく。こういうふうに階段を上ってチャンスを得て、さらに能力を高めていくシステム。これがキャリア制度だ。

ある意味、このキャリア制度が社員にやる気を起こさせ、経験を積ませ、士気を高めてきた。ところが弓チャンにはキャリアのはしごが最初から用意されていなかった。待遇も上がらず、能力拡大の機会からも締め出された。非正規雇用だからね」

山川の視線が一瞬、冷やかになった。

弓田が山川を見返した。

「その通り。はしごは、初めから外されている」

「そう。これほど能力も向上心もあるのに、一時雇用の身ともなれば、まともに扱われない。21世紀ニッポンの新しい身分制だ」

山川が図星を指した。弓田が待ち望んでいた「最良の批評」を山川はいま、行っている。

「弓チャンは企業社会から弾き出されたアウトサイダーだ。なら、アウトサイダーとして存在感をたっぷり押し出していく。自分にしかできない価値を作り出し、押し出していく――そういうことではないかな？」

山川が断言した。

「方向性としては全く同感だ。俺という存在の意味を印していく……俺の思っていたことを言ってくれた」

弓田の表情が輝いた。

「他人《ひと》のことはよく分かるものだ。が、自分の問題となると、迷う、どうしていいのか分からない――というのが、人の常ではないかな」

山川がボッソリと言った。

「じつは俺にも大きな悩みがある。職業上の悩みがね」

弓田が意外そうに見つめた。一瞬の沈黙の後、山川の低い声が続いた。

「今回の悩みは特別だ。俺の人生コースを変える可能性があるからな。いや厳密に言うと、選択肢の一つを取れば俺の人生は旋回する。もう一つの選択肢なら変わらない」

「ということは、いまの仕事をそっくり変えるという選択肢かな。まさか会社を辞める、というのではないだろうね」

「辞める、ということもありうる……」

山川がまたボッソリと言った。

「まさか！　こんなに恵まれた会社人生なのに。お前は俺の立場とは正反対に順風満帆ではないか。近く課長に昇進する、とさっき言っただろう。気でも狂ったのか。何が問題なんだ？」

「会社に不満はない。生活にも困ってない。順調なサラリーマン生活だ。文句を言う筋合いではない」

「だったら、どういうことなんだ？」

弓田がもどかしげに迫った。

「じつを言うと、結局は会社を辞めるかもしれない。いまは全力で短距離走をしているような状態だから、ふだんは気づかない。が、レースが終わってベンチに腰を下ろして落ち着いてみると、世界は変わって見える。この短距離走はいつまでも続けるわけにはいかない、となったのだ。

この発想は、ある日曜日、公園のベンチに座っている時に突然訪れた。俺はヴィジョンを得たダ・ヴィンチのような気になったよ。しかし、こちらのヴィジョンの呼びかけが、いまではルーティンワークの磁力よりも強力になってきた。毎晩、このヴィジョンが俺を手招きする」

「短距離走の日常と脱日常の気分はよく理解できる。で、具体的には何をしようというのだ？」

「少し話を聞いて欲しい。理解を深めてもらうために、短距離走の現状を分かってもらいたい。この世界は――お前さんから見れば企業社会の正社員の世界のことだが――内部での上の方の出世競争は凄まじい。この競争が、理不尽な要求となって、われら下の方にも波及してくる。組織の上から、影響は押し寄せてくる。

結果は、働き過ぎだ。過剰労働だ。非正規労働者とは逆に、会社共同体内部の過剰労働。労働時間がやたらと長くなり過労死も出かねない。これに耐えられるのは、健康体であることとストレス耐久力、それとその仕事が面白い場合だろうな。

俺の残業時間、知ってるか？　先月は土、日出勤2回を含め月80時間。これでも少ない方だ。プロジェクトによっては100時間超えもある。これが俺の言う短距離走だ。こうやって全力疾走を定年まで繰り返す。こんな人生でいいのか？」

山川が太い眉を寄せ、逆に質問してきた。弓田が山川を見据えて答えた。

「安定雇用に見える正社員の立場も、苦しい短距離走を強いられているわけだ。非正社員と共通しているのは、休みの時にようやく自分を取り戻すことかな。しかし本来、仕事というのは一定程度余裕を持って取り組まなければならないと思うが。どの労働現場もこんな具合では日本経済の将来もおぼつかない。考える、ということは、余裕がなければできないからね。

散策というういい言葉があるが、閃きを得るためには散策が欠かせない。散策して大きな岩に出会った時、突然インスピレーションを得た哲学者もいたよ。彼は感動のあまり、涙があふれ、思わず駆け出してしまった、とその瞬間を記している」

弓田がれいによって〝知恵の倉庫〟からごく一部を取り出した。

「仕事とはイコール喜びでなければいけない。仏教はこの世を〝一切皆苦〟と見るが、そうであってはいけないな。大企業の立派な正社員の労働が一切皆苦なら、救いようもない」

弓田が自らの労働哲学を開示した。それからおもむろに山川の話に分析を加えた。

「短距離走、いい喩えだ。トラックに沿ってひたすら真っ直ぐに100メートルを走る。正社員のトラックをね」

感心してうなずきながら、先を続けた。

「非正社員をこのアスリートに喩えようと思っても図にならない。ゴールもトラックも持たないからね。むしろアスリートの資格のない、競技の非参加者といっていい。彼らは競技に参加したくてもできない」

山川が「なるほど」とつぶやいて付け足した。

「結局、アスリートの正社員も非アスリートの非正社員の双方とも、くたばっているわけか」

「そう。正社員は残業、残業の長時間労働、非正規は古典的な低賃金と過剰労働に苦しむ構図かな。ということは、資本は成長している一方で、労働は取り残されている状態。ピケティ流に言えば、資本と労働の成長の格差、労働内の成長の格差が拡大しているわけだ。この拡大傾向は、アメリカやイギリスでもっと進んでいる。リーマン・ショック後の景気回復で失業率は改善したが、半面、貧しい若者が増えている。

これはワーキング・プアが増えているせいだ。彼らのほとんどが非正規雇用者で、安い臨時収入だから、ロンドンでは高騰する家賃を払えない若者が増えている。

イギリスには約400カ所に貧困者に無料で食料を提供する「フードバンク」と呼ばれる施設がある。ところが、この施設の利用者に最近ホームレスに混ざってこざっぱりした身なりの若者の姿が目立つという。利用者は景気回復にもかかわらず、この1年で2割も増え100万人を超えたという話だ。

若者たちは他人と共同で家を借りてシェアして家賃を節約したり、と生活に四苦八苦だ。こういう家では、台所やトイレ、シャワーは共用、個室は私用、という具合に使い分けている。が、相手がパーティを開いて騒々しいとか自分と合わない、とかで、片方が出て行くケースもよくあると聞いた」

「アメリカの大都市でも同様だ。上がるばかりの住宅費に共同借家でしのぐワーキング・プアが増えている。ニューヨークのマンハッタンでは家主は毎年のように強気に家賃を上げてくる。その負担が過重となって、個人だけでなく大企業でもオフィスを中心部から下町に、あるいは郊外に移転するケースが続出している。最近のニューヨーク、ロンドンの住宅事情をみれば、富の格差が拡大している世界の現実が分かるね」

ニューヨークに駐在した経験のある山川が、住の最新事情を紹介した。弓田が応えた。

「富は資本財に投資される。家賃の成長率は歴史的に国のGDP成長率を上回る。以上、ピケティが実証した通り。富者は持てる富を不動産に投資し、5%かそれ以上の利回りを求めて新築の家とかマンションを賃貸する。ワーキング・プアの若者は貯金する余裕もないので、住居を安く借りなければならない。こういう構図が背景にあるね」

山川は話の思いがけない展開に苦笑して言った。

「話を本筋に戻すと、会社は当然ながら会社の論理で事を進める。その論理からすると、どうやら俺は会社の眼鏡に適ったようだ。今月に迎える35歳の節目を経た来月1日の昇進辞令は偶然とは思えない。〝年齢的に見ても昇格・昇給にふさわしい〟と上層部は判断したのだろうな。

この人事は、会社の俺に対する〝品定め〟をよく示しているのではないか。理由は、将来の役員に行くかどうかの最初の判断は、30代半ばに幹部候補生として昇格するかしないかにある、と以前に上司から聞いた。幹部候補生はこの頃には少なくとも課長補佐に昇格させる必要があるというのだ。

ところが俺は、主任から課長補佐を飛び越えて一気に課長級の主査だ。これは専門職だが、部長に言われたよ。〝すぐにラインに戻って来い〟と。つまり、部長は俺をプロジェクトの資産査定の専門職に置いておきたくない。ゆくゆくは総合職の長として構想しているわけだ。

この部長は来月、執行役員への昇格が決まっている」

会社の人事に燃やしている山川の執念が、弓田に伝わってきた。

「ここからもお分かりのように、俺の会社人生は順風満帆に上げ潮に乗ってきた。このままキャリアを積んでトップを目指す——当然の重要な選択肢だ。だが、ちょっと待て、ともう1人の自分が異議申し立ての声を上げたんだよ」

山川が弓田の真剣な反応を観察しながら続けた。

「俺の中には2人の人間が棲む。超現実家と超夢想家だ。インサイダーとアウトサイダーだ。超現実家は俗世間の栄華にこだわり、世俗の成功を追い求める。カネと名声を。これは昼の顔だ。

もう1人の夢想家の方は、この世を超えた〈大いなるもの〉を追い求める。永遠の美、永遠の真理——永遠性、不朽性に引き寄せられるのだ。夢想家は昼には滅多に姿を見せない。彼は夜、活動する」

ここで山川の表情が変わったのを弓田は見逃さなかった。山川の眼差しが急に焦点を失い、夢を見ているように変化したのを。

山川が気を取り戻したように、背筋を正して続けた。

「対極にあるこの2人の人間は、これまでは互いを認め合い、平和に共存してきた。ところが、1年ほど前から双方の中は険悪になった。衝突し、激しく言い争うようになった。結果、俺の人格が引き裂かれた。現実家も夢想家も一歩も引かないからね。俺は一種の統合失調症になった。そんな時、不思議な夢を見たんだ」

山川は静かに続けた。

「夢の中でお告げがあった。〝本当に行きたい道を行きなさい〟というお告げだ。これが、俺の背を押した。俺はここが人生の岐路と覚った。後戻りのできない分かれ道だと。長い悩みが続いた。30代も半ば、どちらかを選択しなければいけない。俺がこういう悩みの中、仕事にのめり込んでいったのも、仕事が増えたせいばかりでない。仕事に打ち込んで悩みを払いのけようとしたせいだ。お前が俺を〝仕事魔〟と呼んだあの頃、俺はたしかに狂っていたな」

山川が微笑んで白い歯を覗かせた。弓田が一瞬、半年前の会話へ記憶を巻き戻した。

「……それって仕事のやり過ぎ、と違うか。やり過ぎると、健康を台無しにする。他の感性も才能も壊してしまうぞ。お前の持っていたビューティフルな世界が貧弱になるぞ。〝仕事魔〟になって汚物にまみれていてはいけない。さあ、仕事からの一時撤退——これを勧告する」

(たしか、こういうやりとりだった)と思い出した。

(あの頃、山川は躁病のように次々に仕事を抱え込んで、駆けずり回っていた……)

山川の声が響いた。

「お告げのお陰で、正気に返った。本当に行きたい道を行く。だが、この本当の道の見極めが意外に難しいことが分かった。精神は引き裂かれたまま、相変わらず昼には現実にどっぷり浸り、夜には夢想の世界に遊ぶ。その両方が互いを必要としていた、互いになくてはならないのだ」

　山川は困惑したように肩をすくめた。

「しかし、仲介に入った俺の理性はとうとう命じた。短距離走はますます激しくなり、お前を最後には、ゼロになるまですり減らしてしまうだろう。資本の論理に生命を絡めとられていくか、それとも……と」

　山川が弓田の反応を注意深く探った。

「で、会社を辞める選択に傾いたというわけか。会社はいい仕事なら、短期的には刺激的で面白い。しかし、このまま巻き込まれていくのは身の危険だと。男30代も半ば——いま、そこにある転機という感覚だな」

「そういうことだ。この点で、お前の状況とある意味同じだな。俺たち、構想を具体化して実現に向けた手立てを考えなければならない」

　2人は目を見合わせた。弓田が手を差し伸べ、ニヤリと笑った。山川が応じ、2人はがっちりと握手を交わした。

　2人の目が穏やかに笑っている。弓田が口を開いた。

「では共同戦線を張ろう。次の一手を慎重に考える。1か月後にまた会って検討結果を話し合おう。お互い次の一手はお前と俺の第二の人生がかかっている。ここで自分のことだけでなく、相手のことも視野に入れて考えよう。岡目八目。他人《ひと》のことは、かえってよく分かるからね。お互いに第二の人生メニューをたっぷり考えて次回、協議しよう。面白くないか？」

「面白い、非常に面白い」

山川が破顔一笑した。

「それなら乗れる」。さっきから話を黙って聞いていた山川光輝がボソリと言った。寡黙な山川流のゴーサインだった。

弓田が説明した企業構想に、山川が賛同の意を表したのだ。弓田にとって、人生のブレイクスルーに布石を敷いた瞬間であった。これで信頼できる友人と手を組んで、新しい事業を立ち上げることができる。

「構想は十分理解できた。一種の社会的企業、ソーシャルビジネスというやつだな。俺のノウハウも生かして、社会的要請に応えていくか。何よりこれは非正規雇用の若者にとって実に心強い就労サポート事業になる」

山川が請け合った。

「構想自体はまことに結構。この種の企業の問題は資金をどう調達するかだが、お前の言うようにクラウド・ファンディングを使って資金を集める方法がいいだろう。世間に賛同者は大勢いるだろうから、クラウド・ファンディングで資金を小口化して幅広く募る――

なかなか出来たシナリオだ」

山川が重ねて称賛した。

クラウド・ファンディングは、個人が多くの人々から小口の寄付を集め、これを資金源に特定のプロジェクトやベンチャーなどの事業目標を達成するという「クラウドソーシング」のコンセプトが源流にある。

寄付ビジネスがそのひな形で、その前身は17世紀に遡る。書籍の印刷代を賄うため寄付が求められ、寄付者は寄付した貢献が書籍に記されたという。

有名な例は、1884年にニューヨークの自由の女神像の台座を製作したケースだ。資金が不足したためにこれを活用して見事な台座を造った。新聞出版者でピュリッツァー賞創設者で知られるジョゼフ・ピュリッツァーが、自身の新聞「ニューヨーク・ワールド」を使ってアメリカの大衆に台座を完成させるための寄付を呼びかけた。結果、12万5千人ほどの人々が1ドル以下の寄付を行い、6カ月で10万ドルを集めた、とされる。

最近では、ロックバンドとか映画製作者によるクラウド・ファンディングの活用が知られる。ファンからインターネット経由で資金を集め、長編映画を作る、といったケースが目立つ。オバマ米大統領は「オバマ・ケア（健康保険改革）」を成功させるため、ウェブサイトで支持者たちに1人10ドルの寄付を呼びかけた。

クラウド・ファンディングの対象には「群衆」が含まれることがある。多くの場合、プロジェクトの提唱者は提案を立案・作成し、これをウェブサイトを立ち上げて作った「プラットフォーム」で、群衆に提案を公開して資金提供を募る。弓田も、このシナリオを念頭に置いた。

弓田が示した起業構想とは、非正規雇用者を対象とした就労情報サービスである。

この中で、非正規社員として業務を遂行していく上の具体的な注意点、対処法、支援プログラム提供に始まり、正社員に転換するための相談業務、アドバイス業務を加える。ブラック企業の悪計に絡め取られないよう、ブラック企業やブラックバイト先リストも、信頼できる関係サイトにリンクして見られるようにする。

山川に対しては、起業するに際して、メガバンクの職を捨てて役員として合流してもらい、共同で経営に当たって欲しい、と懇願したのである。

「主な需要層は、いまや雇用者の4割、約2千万人にも達した非正規。若者ばかりか、40歳を超え始めた『就職氷河期世代』の非正規も増えている。問題なのは『不本意の人』たちだ。全部で2割近くが不本意で非正規の状態。うち25～34歳の若年層は3割近くが不本意だ。問題の深刻化から事業として必ず成功できる」

弓田が力説した。

「分かった。俺もひと肌脱ごう」

山川が明言した。

「事業の差し当たりの立ち上げ資金は、俺ができるだけのことをやる。こう見えても、エリートサラリーマンだからな。計画を具体化していこう。準備を急いでくれ。俺は3カ月後をメドに会社を辞める」

山川が本来の決断力を示した。決めるまでは慎重だが、いったん決めると揺るがない。指導者にふさわしい資質だと、弓田は以前から尊敬の念を抱いている。

「当座はアップルやグーグルと同じようにやろう。お前と俺と、共同経営者2人で立ち上げる。それから同志を集め、立派なソーシャルビジネスにする」

アップル、グーグルと聞いて、弓田の血が騒いだ。

弓田の脳裏を一瞬、スティーヴ・ジョブズの精悍な顔つきが、かすめた。山川が実務的な段どりに関して続けた。

「われわれ2人が共同経営者。必要になる幹部や社員は、適時集めていく。俺のコネで、候補者を幾人か引っ張れるかもしれない。この中に上場大企業に勤める高給取りもいるが、脈がないこともない。彼らの多くはカネには不自由していないが、仕事や仕事環境に必ずしも満足していないからね。

〝俺の仕事は本当に社会に役立っているのか〟とか〝仕事や職場のひどいストレスに耐えられるのか〟という悩みは結構多い。俺も20代の社員から直接、不安や焦りを聞いた。正社員も非正規とは別の次元で、仕事のやりがいを失っているからね。彼らの大半は、仕事に目的を、大義を見出したいんだ」

話すうちに、山川の眼前につい数日前に相談に乗ったある若い男性社員の面影が浮かんだ。

その正社員の男性Sは、ここ1カ月、体調不良を訴え、欠勤を3回続けていた。顔色も悪く、表情も暗い。指示をすると「ハイ、ハイ」と素直に従うが、どう見ても空返事で反応がのろくなっている、と山川は睨んだ。

カゼを理由にした欠勤後、出社したSを呼び出して「身体の調子はどうか」と問いかけて様子を探った。

Sは「ご迷惑をおかけし、申し訳ありません。お陰様で良くなりました」と通り一遍の応答をした。だが、話をするにつれ、Sはだんだんと胸襟を開いて言った。

「じつはカゼではなく、精神科で診てもらったんです。気持ちがふさぎ込むものですから。安定剤を貰ってようやく落ち着きました。すいません」

(思っていた通りだ)と山川は理解を示しながら、さらに話を深めていった。

すると――地層下の岩盤のようなものに突き当たった。気分のふさぎの真因は、「仕事のやりがいの喪失」にあったのだ。仕事の意義を見出せずに希望を失っていたのである。

この発見は、山川にとって意外でもなんでもなかった。むしろ(当然だ。予期していたことだ)と自らの仮説の正しさを再確認したのであった。

山川は弓田と同様、精神科医、ヴィクトール・フランクルの『夜と霧』に盛られた考え方に共鳴している。それは「どんな悲惨な状況下でも、希望があれば乗り越えられる」という生の哲学である。

（希望である。希望が、この人の会社人生に欠けているのだ）と山川は思い至ったのだ。自分のやっていることに意義を見出せず、すっかり「希望の喪失」に陥って行き詰まったのではないか。

精神科医よろしく山川が〝診断〟を下すと、この日以降Sは快活さを取り戻した。直属上司の部長や同僚も「Sは明るくなった、元気になった」と広言するまでに回復した。この日以降、Sは一度も欠勤していない。

「ピケッティ的に言えば、労働が正当な取り分を得ていない、資本に圧倒されている、ということかな」

山川がSのケースを弓田に話した。

「新事業では――」と山川が続けた。

「Sのような正社員にも対応することが重要だ。銀行の職場にも欠勤とか長期休養が多発しているセクションがあるが、ウツとか仮面ウツ、社会的不適応の正社員は間違いなく増えている。若者から働き盛りまで。

なかでも新型ウツは、外見からでは分からないから厄介だ。突然、〝休みたい〟と精神科の診断書を持って休暇申請してくる」

山川が職場の内情を暴露した。弓田から見れば、一見穏やかにも映る銀行の職場でも、アブノーマルな心理状態に追い込まれる正社員は、後を絶たないようだ。

「原因はここ数年、仕事のストレスが強まったせいといわれるけど？」

「たしかに労働密度は部署によってはギリギリの限界まで上がった。2008年9月のリーマン・ショックの世界金融恐慌以来、業界では一直線の上がりっぷりだ。M&A（合併・買収）や資金運用を手がける国際部は、その典型だな。

月の残業150時間も珍しくない。俺は2年前まで外国為替のトレーダーを3年やったが、仕事中過労でぶっ倒れて救急病院に運ばれたこともある。

いま、所属する人事部では各部に新型ウツを申請してくるケースの対応に追われている。営業部ではこういうことがあった。3カ月の休暇申請をして認められた男が、直後にハワイでサーフィンを楽しんでいることが発覚して、部内は大騒ぎになった。やつの休んでいる間、代わってやつの仕事をフォローしていた男が、ハワイにいることを突き止めたんだ。どうして突き止めたか？」

山川が愉快そうに目を細めた。

「新型ウツ病患者さんが、フェイスブックで自分の居場所を公開したからだよ。〝いま、ハワイのワイキキでサーフィンを楽しんでいます。燃える太陽。青い空に青い海。僕はいま、幸せの波の上〟と書き込んでいたそうだ」

弓田がおかしさを堪えきれずに、ククッと笑った。

「とんでもない男だ。ウソの申請に会社が踊らされた？」

「ところが、男はまじめに遊んでいたんだ。精神科医によれば、これが新型ウツの特徴だ。第一に、ウツの印象がしない。環境が変わると、ウツ状態はウソのように回復する。3カ月の休暇申請は医師が勧めた。全く正当な手続きだったんだよ」

山川は弓田の反応を楽しんで付け足した。

「こういう正社員固有の問題の相談にも、応じなければね」

弓田が「なるほど……」とうなずいて、言った。

「すると、われわれの業務は、非正規ばかりか正規も重視する。相談・コンサルティング業務は、悩める個人と法人を対象にする——こういうことかな？」

「その通り。そのことを言いたかった。世間では非正規に厳しい過重要求の波が押し寄せると考えていたが、事はそう単純ではないようだ。正規もなかなか大変で、正規ならではの問題も多い」

山川が納得の表情を浮かべて続けた。

「精神に変調を来たすのが増えている。若者ばかりでない。最近目立つのは中年の危機だ。30代後半から40代前半の働き盛りが危ない。

背景に、人件費を抑えるため正社員を増やさない会社の方針がある。自動車やスマホ、建設のように景気のいいところは増産で人を増やしている。アベノミクス効果で有効求人倍率が上がり、人手不足になったと言われる。だが、正社員雇用は減っているのだよ。非正規だけが増えている。これが非正規雇用者が全体の4割を超えた理由だ。

このシワ寄せで、正社員の管理職の負担が厳しくなった。女性の社員比率が増えたから、セクハラやパワハラだけでなくマタハラ（マタニティ・ハラスメント）問題も浮上してきた。

ある若い優秀な女子社員が、会社を辞めたい、と所属部長に辞表を持ってきた。理由を訊くと、〝間もなく子どもが生まれるので育児休暇を申請したい〟と申し出たところ、直属上司に〝この忙しい時になんとかならないのか。代わってやれる人間はいないから、簡単には認められない〟と一蹴された。これで彼女はキレて、辞表提出と相成った。

結局、この件は上司が非を認め、育休取得で円満解決したが、この種のゴタゴタが増え、正規社員の労務問題が次々に起こる。正社員の労働対策や再出発プログラムも当然、事業内容に盛り込むべきだね」

山川が結論を言った。弓田に異存があるはずはない。身を乗り出して明言した。

「僕の視野は、非正規の世界に閉ざされていた。君の言う通りだ。正社員問題も扱い、企業ともコンサルティング契約の方向で考えてみよう」

山川が会社のネットワークの活用に言及した。

「正社員関係は、目下、俺の専門分野だし、俺が引き受ける。いま会社がお付き合いしている顧問弁護士をこちらの顧問に引き入れてもいいな。かなり役に立つ人物だ」

弓田がすかさず言った。

「よし、これでいこう。まず、われわれ二人三脚で走り出し、途中で有能な人材を加えてネットワークを厚く構築していく。半年後をメドに起業開始だ」

それから事業の意義を改めて強調した。

「この新規事業は、大変化する労働市場に間違いなく重要な一石を投じる。二極化し不安定化する労働に、強固な足がかりを与えて非正規を軸足にサポートする。ある意味、グローバリゼーション下で進む格差社会に対抗するカウンター・カルチャーの役割だ。歴史的な事業になるぞ」

弓田の声が興奮を伝えた。

「そう浮かれるな！　事業は一歩一歩、堅実に慎重に固めていくに限る。大まかなスケッチはでき上がった。今日から細部を具体的に詰めていこう。

ところで、肝心の新会社の名前。これをどうしようかな？　何かいいアイデアがあるか？」

「ネーミングは楽しみの決定。共同経営者と知恵を出し合って決めたい」

弓田が目配せをすると、山川がニヤリと笑った。

4．法律の落とし穴

弓田はトースト4枚にベーコンエッグ、レタス、トマトと日曜日に定番の朝食を済ませ、郵便受けから取ってきた新聞に素早く目を走らせた。

すると、分厚い日曜版の中ほどにあった解説記事に目が留まった。その見出しには、こう書かれてある。

遠のく正社員「一生派遣も」欠ける「労働者保護」――。

それは2015年9月に成立した改正労働者派遣法の解説記事である。

その内容は弓田の想像していた問題性をあぶり出していた。

ひと言でいうと、この改正法は企業が働く人を交代させれば派遣労働者を使い続けられる、という内容である。法律の施行日は国会論議が紛糾したため、当初予定の9月1日から30日に遅らせて修正された。

改正法は、働く人を入れ替えれば期間上限の3年を超えて同じ仕事を派遣社員にずっと任せられるようになる。他方、女性に多い専門業務はこれまでは期間制限がなかったが、一律3年までの派遣期間となった。

弓田は、記事を読んでいて、ふと女性の派遣社員として長年働いている知人のことを思い出した。この女性は、改正前の派遣法では「専門26業種」の一つに分類される通訳の仕事に従事していた。改正後、業務区分は廃止されたため、同じ職場では一律3年までしか働けなくなる。

（彼女はたしか大手電機会社に長期間派遣されていたはず。通訳の腕前はピカ一との評判だ。なにしろ商社マンだった夫のアメリカ駐在が長かったため、彼女も本場の英語をマスターして同時通訳をアメリカでしていたくらい、能力がずば抜けていたと聞く。彼女は結局、雇い止めになってしまうのか？）

派遣社員も、非正規雇用者のカテゴリーに入る。派遣労働者は126万人と労働者全体の2％ほどだが、その約4割は正社員を希望している、とされる。改正派遣法は、政府の説明では派遣社員にとって3年で正社員になりやすいはずだが、野党議員は「改正法で正社員になりにくくなる。一生派遣の若者が増える」とコメントしている。本当のところはどうなのか。

改正法のポイントは「派遣3年後」にあった。派遣期間は従来と同じ「最長3年」である。3年を経て「派遣社員雇用は安定する」と政府は説明していた。

3年後、派遣会社は三つの選択肢を持つ。

一つは、派遣先の受け入れ企業に直接雇用を依頼する。これは派遣会社に義務づけられた。

二つ目は、派遣会社自らが無期雇用する。

三つ目が、教育訓練に努めて雇用を継続し、新たな派遣先を紹介する。この雇用安定措置は義務づけられた。

弓田は記事を丹念に読んでからつぶやいた。

「なるほど、受け入れ企業と派遣会社にとっては都合よくできた法だ。3年を超えても、人を替えて派遣の継続ができるからな。目玉の一つは、派遣先の企業に直接雇用の依頼を義務づけたことだが、抜け道がある。企業がこれに応じる義務はないことだ。派遣社員側にはメリットはあるのか？」

弓田はかつて派遣社員として働いた経験を想い起こしながら社員の側からこの法律を眺めた。

メリットはない！

弓田は断定した。「とくに『専門26業務』といわれる職種で働く派遣社員は、従来は期間制限がなかったが、業務区別が廃止されたため3年で雇い止めにされる可能性が高まる」

「専門26業務」とは、旧派遣法施行令で定められた26業務を指す。「業務を迅速かつ的確に行うために専門的知識や技能を必要とする業務」などとされ、ソフトウェア開発や秘書、通訳、放送番組の演出、添乗などがあった。全派遣社員の約4割を占める。

これら専門業務とその他の業務という区別が撤廃されたのだ。結果、「専門26業務」の派遣社員は3年雇われた後、お払い箱となる恐れが強まったのである。

（これは本末転倒ではないか。労働者派遣法は本来、職業安定法により禁止されてきた労働者派遣を、一定の専門業務に限定して解禁したのではなかったか）。弓田は1985年に労働者派遣法が制定された経緯を頭に浮かべた。

（解禁の理由は、派遣が認められた専門業務をこなす技能は、多くの企業にとって外部から調達する必要があるためだ。専門技能を持つから、派遣先の正社員の雇用が奪われることはない。専門技能を必要とする企業とそれを持つ労働者を合わせるべく、派遣の解禁となったいきさつがある）

こういう歴史から見ると、専門26業務と非専門の一般業務の区別撤廃は本末転倒に違いなかった。

（派遣は本来、専門業務に限定されていた。こいつを一般業務並みに格下げして、企業が都合よく使えるようにしたものだ。専門技能非正社員の落胆は計り知れないだろう）

弓田は、こう結論した。

（派遣会社にとって改正法の現実はこうだ。3年経ったら社員に派遣先を辞めてもらい、他の仕事に回す。なければ、それでおしまいだ）

派遣労働の期間を制限したそもそもの趣旨は、派遣労働が臨時的・一時的なもので、正社員の代わりに派遣労働者を使うことは許されないという考えに立つものだった。

だが、改正法で全ての派遣事業は許可制となり、その上で、専門26業務の派遣を含め企業はその気になれば、派遣労働者を入れ替えながら最長3年を超えて無期限に使うことが可能になったのだ。

改正派遣法とは別に2015年10月から施行された「労働契約申し込みみなし制度」にしても、違法派遣から労働者を救えない、と弓田は見た。これは港湾運送や建設、警備など派遣が禁止されている業務に派遣労働者を従事させたり、実態は派遣労働だが形は「請負契約」の偽装請負いのような違法行為をした場合、派遣先企業にその労働者の直接雇用を義務づける制度だ。

しかし、これにも抜け道がある。契約期間の定めはないため、企業側はいったん直接雇用してもすぐに雇い止めできるからだ。

弓田は、結論をまとめた。「なるほど、企業にとって改正派遣法はまことに使い勝手のよいものになった」

弓田は、改正法のいきさつを考えてみた。改正法を求めたのは派遣労働者側ではなかった。それは、派遣労働者を都合よく大がかりに使用しようとする企業と、派遣会社の要求によって実現したものだった。

「ここで本質認識がまことに重要だ」。弓田はつぶやいて考えを次に進めた。

(改正法は派遣をさらに使いやすくするための企業側の策略だ。一見、派遣の雇用が安定するように見える装置――派遣会社による3年後の無期雇用にしても、派遣会社の負担になるから、そうはならないだろうな。建て前の雇用安定対策とは逆に、雇用は一層不安定になる。この悪法の司令塔は『世界で一番、企業が活動しやすい国にする』と言った男に間違いない）

弓田の非正規雇用に関する視界は大きく開かれた。そして、この問題があたかも燎原の火のごとく燃え広がる様相を感じるのだった。

弓田はハッと我に返った。斜め前の若者の方を再び見やった。相変わらず〝就活雑誌〟に目を通している。何かを発見したらしく、男はボールペンをジャンパーの胸ポケットから取り出して書き込んだ。

追憶は終わった。店のBGMが聞こえる。現実が急に戻ってきた。

時計を見ると、入店から1時間が経とうとしている。彼女がもうそろそろ現れるころだった。

（店のすぐ近くまで来ているのではないかな）。弓田がピンと予感した。

1分と経たないうちに入り口のドアが開くと、ベージュのコートを着た雅実が現れた。

弓田が早速、山川との話し合いの内容を説明した。興奮のせいか、雅実の白い頬がほんのりと紅に染まった。

「いまは、以上の段階。これを今後、どう具体化していくかだ。それで、ハローワークに雇用状況の調査に来た。状況は来るたびに変わっているからね」

山川との話し合いは昨日のことだった。雅実が弓田を頼もしく思えるのは、行動が素早いからでもある。

「10分くらいしか時間が取れない。会議が急に入ってしまって……」。雅実が困惑した表情を浮かべた。

雅実の勤務先の自動車メーカー・Zモーターの東京本社は、ここからすぐの徒歩7分くらいのところにある。弓田はハローワークでの下調べに合わせ、依頼した件もあって雅実を呼び寄せたのである。

「10分もあれば十分。で、頼んでいた件は？」

「調べてみた。円安もあって当社の業績は抜群にいいけれど、給与水準は製造業大手の平均と同じ程度。一般社員の正規雇用も一時雇用も平均値並み。役員報酬は別格に高いけれど……」

雅実は、何かを思い出したように付け加えた。

「そう、その前に衝撃データを見せなければ」。彼女が「これ」とオックスファム（OXFAM）の調査報告書を差し出した。

オックスファムは、貧困問題に取り組む英国のNGO（非政府組織）である。見出しに

「1％のための経済」とある。

弓田がページをめくった。そこに「世界の富豪上位62人の2015年の総資産は世界人口の半分を占める最貧困層36億人分の総資産に匹敵する。これは2010年〜15年の5年間で富豪上位62人が保有する資産合計が44％増え1兆7600億ドルとなったのに対し、最貧困層36億人分の総資産は1兆円分、41％減少したからだ」と記述されている。想像を絶する資産格差が世界規模で広がっているのだ。

この推計は、金融大手クレディ・スイスが公表した資産データを基にしている。

「驚きの数字だ。ここでも言っているが、世界の指導者たちの責任は大きい」

弓田がうなった。

雅実が次に出した国内資料を見ると、弓田が予想していた通りの賃金水準だった。Z社は業界のリーダーとして、産業界の春闘相場にも大きな影響を与える。Zの賃金水準が、民間大手企業が賃金を決める際のメルクマールになっているのだ。しかし、若い現業労働者が多いため、社員の平均賃金は突出していない。

雅実は「これが参考になるかな」と言って、小冊子を差し出した。

表題に「賃金構造基本統計」とある。厚生労働省がまとめた統計資料である。

「なるほど、思った通りの水準だ。こいつを参考にすればよい」。弓田はそうつぶやくと、人差し指で数字をなぞった。

「大企業の男の賃金が月平均38万円超、10人以下の小企業はそれより10万円ほど低くなっている。女で大企業が26万5０００円くらい、小企業は5万ほど低い。大企業の賃金を100とすると、小企業は男で71、女で81か。中企業はこの中間。随分、格差があるじゃないか」

弓田が、やや驚きの色を浮かべた。これが従業員規模10人未満の零細企業だと、さらに低賃金になる。

「フム、賃金格差構造はざっと2種類あるな。企業規模格差と男女格差だ。思った通りだ」

弓田はブッブッとつぶやいた。雅実が言葉を挟んだ。

「わたしも、これを見て格差にちょっとショックを受けた。Zモーターに入ってよかったと思った。女子社員には見えない〝ガラスの天井〟があるけど、よほど恵まれた環境。軽はずみに辞められない」

この統計結果を見て、会社への執着が強まったようだった。

「大企業と中小の格差はよく分かっていたけど、男女間格差がこれほどとは思わなかった」。弓田が首をかしげた。

「アメリカでも結構、男女間格差があるみたい。最近はトップに女性が就くヒューレット・パッカードのような大企業が出てきたけど、登って行ってもまだトップの手前でガラスの天井にぶつかるっていう話。黒人は大統領になったけど、女性大統領はまだ出ていない」

「だが、日本の遅れは先進国グループで最低レベル。たしかスイスの団体が調べた男女格差報告で、日本は各国中100番目くらいだったはず」

弓田が指摘した調査とは、スイスの団体「世界経済フォーラム」が行ったものだ。その2015年版男女格差報告によると、日本の男女平均度合いは、調査対象となった145カ国中101番だった。調査を始めた2006年当時の80位から20位程度も下落した。安倍政権は「女性が輝く社会」を目指しているはずだが、まだ輝きが見えてこない。まだ〝かけ声〟の段階にある。

この調査は、各国の賃金の男女差、進学率、企業幹部や国会議員などの男女比を見ている。社会における格差の実態調査である。

トップはアイスランド、2位ノルウェー、3位にフィンランド、4位スウェーデンと北欧諸国が上位を占める。アジアではフィリピンの7位が筆頭で、次のシンガポールが54位、ベトナム83位、中国91位、韓国が日本以下の115位と全体に低い。

日本では女性の首相はまだ現れていない。国会議員に占める女性の比率は1割強。企業の管理職の女性比率も1割程度。

中央省庁はもっと遅れている。次官・局長・審議官クラスの指定職に占める女性の割合はわずか3％の政府目標を達成したものの、課長・室長級以上の割合は3・5％（2015年7月時点）。政府が第3次男女共同参画基本計画（2011〜15年度）で決めた「2015年度末に5％程度」の目標に大きく届いていない。課長補佐級以上の女性の比率も6・2％で、目標の10％程度からはほど遠い。政・経・官のコア分野で、女性の参画は進まず男女格差が際立つ。

政府は2015年12月、ついに「社会のあらゆる分野で20年までに指導的地位に女性が占める割合を30％程度にする」とした小泉政権時代の目標を事実上断念した。代わって分野別数値目標にし、20年度末までにたとえば国家公務員の本省課長級に占める女性の割合を7％に下方修正した。過去12年、取り組みの成果がまるで挙がらなかった実態を示している。

雅実が、2015年8月に成立した「女性活躍推進法」に言及した。

「この法律で、大企業に女性の採用や管理職比率の数値目標とか取り組み内容を入れた行動計画作りを義務づけたから、一歩前進した。でも、もっと男女平等、というより男女対等にしなければ。対等にしないと、男の人が本当にかわいそう」

「かわいそう？」

「だって、女性が活用されなければ、男性に負担がかかる。活用されれば、残業続きや休日出勤——というような男のきつい仕事は緩和されるはず。いまの日本はある意味、男性酷使社会じゃない？　女性が能力を活かすようになれば、男性も過重労働から解放されていくと思うの。男女格差がなくなれば、男性にとっても働きやすくなる」

雅実が男女格差の解消による〝男性解放論〟を語った。

「なるほど……そういうことか」

弓田が納得してうなずいた。雅実の主張を完全に理解したようだった。

「で、こういう現実を踏まえると――」。雅実が続けた。

「わたし、もっと自分を活用しなければと思う。能力をもっともっと引き出していかなければ、キャリアを積んでいかなければ……。自分自身のため、そしてあなたのために」

雅実が謎めいた微笑みを浮かべた。

弓田が次の言葉を待った。

「〝1億総活躍〟と言われて働くのは嫌だけれど、女性として大いに活躍しなければ。わたしの職場を見ても、女性には優秀な人が多い。どこが優秀か、というと、コツコツと続けていく、持続する力、これが一般に男性よりあるのではないかしら。

それと分析する男性の能力に対し、直感で具体的につかんだり、理解する能力。これも女性の優れた点かなと。女性のいいところを社会はもっと見出して活用しなければね」

「いま言った女性の特長。僕もそうだと思う。我慢して続けていく持久力。忍耐力と辛抱強く待つ力が要る。これは長い時間をかけて子を産み、育てる特性からつくられていった先天的な能力ではないかな。

それと、女性の具体的、直感的に物事をつかむ能力も、男より上だ。これは生活の知恵から来ているのでは。男は抽象的認識、女は具体的認識に優れている、と一般的に言えるかな。この女性の特性を生かすことが、本人にとっても社会にとってもいいことは間違いない」

弓田と雅実の結論がまたしても一致した。

「さて、意見の一致をみたところで、2人の将来の共同生活に関してほんのワンポイント、話そう。これもまた意見の一致をみたい重要テーマだからね」

弓田が腕時計をチラリと見ながら言った。

「ワンポイントとは、友人と立ち上げる新規事業は、3年目に黒字に持っていく。これをお約束します」

弓田がキッパリと宣言した。

「それはいい話」。雅実が目を見開いた。

「事業計画は今後、山川と話し合って具体的に詰めていく。節目ごとにあなたにメールする」

そう言うと、雅実に微笑んだ。

5. 創造的立ち上げ

翌朝、山川光輝はいつもの平日のように5時10分に起床し、スポーツウェアに着替えスニーカーを履いて自宅のマンションを出た。晴れた日には、40分ほどジョギングするのを日課としている。

この日、朝の光の中をジョギングしながら二つの出来事を想い起した。

一つは、数日前にデートした美奈との会話だった。

「美奈、俺は君のことが好きで頭から離れないが、君が嫌でなければ将来、結婚を考えている。仮に俺が銀行を辞めるようなことがあっても、信じてついてきてくれるかな？ そうしてくれるなら、俺も頑張って新しい生活を始められる」

「わたし、銀行と結婚しようとは思わない。もちろん、あなたとなら喜んで……」

美奈が目を輝かした。こういうやり取りの末、2人は婚約したのだった。彼女とは同じ職場で知り合った。美奈はそろそろ主任に昇格が見込まれている正社員だ。自分が退社しても、これまで通り仕事を続けるだろう――と山川は想像していたが、この点でも彼女の意思を確認した。

(彼女はしっかり者だから、俺のサポート・ストラクチャーの土台になる)。山川の想像は膨らんだ。ストレスに関する日米の調査研究結果を見ても、「配偶者の死や離婚」はストレスの最上位クラスを占める。逆に言えば、生涯のパートナーをしっかり支え合う関係が、サポート・ストラクチャーを強固にする、と言える。

(彼女がついて来る限り、俺の新生活も大丈夫だな)。山川は独りごちた。

公園を走り抜けながら、山川は両腕の振りを大きくしてスピードを速めた。その瞬間、ふと思った。

(事業も最初は慎重に布石を打っていき、軌道に乗せたらこうやって加速しないとな。ジョギング流にリズムをつけることが肝心……)

いつしか、事業をジョギングに見立てていた。

(俺の経験から行くと、事業には周期がある。春夏秋冬で需要が浮き沈み、新規の需要が盛り上がる。衣と食はその典型だな。冬のコートやマフラー、夏の半ズボンや薄着。冬のクリスマスケーキ、正月のおせち、季節ごとの旬。

業績は四半期ごとにうねる、ゴールは決算期だ。企業は3月決算が多いから銀行もこれに合わせて忙しくなる。年末は企業の資金繰りに応え、年の瀬ギリギリの30日まで開店営業だ。

つまり、事業にリズムを持ち込むのだ。決して停滞してはならない。考えてみると——)

山川は走りながら論理を進めた。

（心臓は脈打つ。胸も息を吸ったり吐いたり、波打つ。生命にはすべてリズムが宿っているではないか。事業も同じだ。生きのいい事業はリズム感に溢れる。反対に、死に行く事業はリズムが弱まり、消え去っていく。

事業にリズムを導入すること。これは言い換えると、メリハリをつけることではないかな。仕事にメリハリ。たしかに俺のやっている通りだ）

山川は満足気にうなずくと、スピードを上げて走り去った。

同じ頃、木内雅実はTVのニュースを見ながらコーヒーを啜《すす》っていた。いつもの朝食のように、雅実はまずコーヒーを1杯飲んでから食事に取りかかる。コーヒーから始めるのは、まだぼんやりしている頭の働きをすっきりさせるためだ。コーヒーに含まれるカフェインが頭を覚醒させるのに最適、と彼女は信じている。

（そういえば、フランスの文豪バルザックも、執筆の時は必ずモカ・コーヒーを飲んでいたっけ）と雅実は改めて思い出した。（わたしも彼にならって昨晩は深更までいくつもの銘柄からモカを選び出し、何杯も味わいながら企画書をようやく書き上げた……）

雅実は（今朝はこれに決めよう）と前夜から考えていた通り、朝食にグラノーラを用意した。燕《えん》麦を主体に雑穀やバナナでこしらえたシリアルの一種だ。雅実はこれにミルクを入れて食べやすくする。

スプーンでグラノーラを口に運んだ時、弓田が昨日、説明した2人の将来の生活像が脳裏に浮かんだ。

「事業の方向性・内容ＯＫ、資金調達ＯＫ。ここまでＯＫ」。雅実は口をモグモグ動かしてつぶやいた。

「事業開始後3年で黒字にする構想。これもＯＫ」

雅実はもう一度計画を再点検してみた。グラノーラを呑み込むと、ハタと思い当たった。

「そう、重要なことが一つ抜けていた。それは――」。自分との関わりである。自分はその中でどう関与するか。

「わたしは当分、いまの会社で頑張って支えていく。事業が軌道に乗ってからの先はまた考えよう」

ＴＶニュースを眺めていると、「パリでテロか　連続銃撃で死傷者多数」の字幕が現れ、武装警官隊が現場に駆けつけた場面が映し出された。

（一体、何が?）。雅実は呆然とこれを見た。

パリの大量殺害テロのニュースを見終えると、雅実は虚脱状態に陥った。凄まじいテロが相次いでいる――なぜ、こんなことが起こるのか?

分からない……雅実は混乱し、途方にくれた。すぐに弓田に電話を入れ、意見を求めた。

弓田が答えた。

「一つ、たしかなことは世界は新しいテロ戦争のステージに入ったということ。アメリカを2001年に襲った同時多発テロ9・11が、その幕開けだった。このあとアフガン侵攻、続いてイラク侵攻と、アメリカのブッシュ政権が対テロ戦争を始める。

結果、アフガンではタリバン政権が崩壊し、タリバンが庇護していた国際テロ組織アル・カイダは弱体化した。イラクのフセイン政権も崩壊し、10年後の2011年には、9・11の首謀者オサマ・ビンラディンが潜伏先のパキスタンで米軍特殊部隊の手で射殺される。アメリカは〝報復の成功〟〝対テロ戦争の勝利〟に沸いた。アメリカの主要目標は一見達成されたかに見えた。

ところが、ここから世界規模の新たな不安定化と混乱が始まった。なぜ、そうなったか？」

ここで、反応を窺うように弓田はひと息入れた。雅実が言った。

「一つには、アメリカ自身が長期にわたる戦争で深い傷を負い、世界的な影響力を弱めていった、抑えが効かなくなった、ということかしら。オバマさんは及び腰になって〝アメリカは世界の警察官ではない〟という発言をしているし……」

「それもある。たしかにアメリカの人的、経済的損失は莫大だ。なにしろベトナム戦争を上回る史上最長の戦争だからね。イラクに続いてアフガンからも撤退を決めたが、テロが収まらず、まだ完全撤退できない。

9・11以後のテロ戦争で10年間に米軍だけで犠牲者は9・11の3倍の約6000人に上ったと伝えられた。米軍関係の民間人、多国籍軍、戦争に巻き込まれた民間人の死者を合わせると膨大な死傷者——おそらく15万人以上になるのではないかな。

戦費も当然巨額に膨らむ。アフガン・イラク戦争の2011年までの10年間の直接戦費だけで1兆ドル超、これに情報機関向けなどの関連予算、対テロ関連の対外援助、負傷軍人の支援コストなどを合わせるとたしか総額4兆ドルに上るという試算もあった。ベトナム戦争の2〜3倍の出費だ。これがアメリカの財政をひどく悪化させ、かつて〝一極支配〟と呼ばれた国力を一挙に衰退させた。この間、リーマン・ショックが起こって、アメリカの経済力はますます低下した。代わって中国が急台頭してアメリカの覇権を脅かす。尖閣の東シナ海、南シナ海の領有権問題が緊迫する。ざっとこういう構図が浮かび上がってきた」

ここで弓田は再び息を継ぎ、イスラム側の事情に話を転じた。

「だが、世界不安定化のもう一つの要因は、母国生まれで母国を狙った、ホームグロウン・テロの登場だ。これが最新の脅威として欧米に浮上してきた。アフガンやイラクでの対テロ戦争で多くの民間人が犠牲になったことが背景にある。これに怒った欧米在住のイスラム教徒やその支持者がジハード（聖戦）を誓い、中東で訓練を受け、欧米に戻ってテロを行うという図式だ。

イスラム過激派や移民・難民、異文化への敵意から欧米国内で極右勢力が行うテロも、一種のホームグロウン・テロだと思う。こうしてテロがテロを生んでいる」

弓田が新しいテロを分析して聞かせた。

「なるほど。そういうことなんだ」。雅実の頭上の霧が晴れた。

「厄介なことは、こういう市民の間から起こるホームグロウン・テロは防ぎようがない、いつどこで銃撃テロや爆弾テロが起こるか分からない。国境を封鎖しても防げない。民主主義国の『開かれた多様文化主義』の理念にテロが突然襲いかかり、大量無差別殺害がこかしこで発生する悪夢が現実になったわけだ。

そうなると、怖い悪循環が起こり、それが回転して止まらない恐れがある」

「どういうこと？」

「憎しみの連鎖だ。テロ・反テロ戦争の拡大。結果、国家の情報機関や公安警察が大手を振って乗り出す。テロ捜査を口実に市民生活を監視し規制を強める恐れが高まる。国の安全保障を大義名分に、不都合な情報を隠蔽し、都合よく情報操作する恐れだ。開かれていた民主主義が、閉ざされた全体主義に変質してしまうかもしれない。それでも、市民は、テロが怖いから、安全に暮らしたいから、と監視国家やむなし、と国家のやることを従順に受け入れてしまう恐れがある。

この民主主義国家の変質の方がある意味、個別テロよりも怖い。しかも、どんなに監視網を張ってもテロは防げない。逆に『イスラム国（ＩＳ）』空爆のような国際的な軍事攻撃に加担すれば、相手を刺激してテロの攻撃に遭う危険性は高まる」

「では、どういう解決法がいいのかしら？」

雅実が思い余って尋ねた。

この問いには直接答えずに、弓田がつぶやいた。

「目には目を、歯に歯を、では解決しない。憎しみの連鎖を断ち切り、和解をもたらすにはどうしたらいいか。テロを生み出す根本原因は、なんだろうか」

それから一瞬、間を置いてそっと言った。

「テロの温床になっているのは、まぎれもなく絶望的な貧困と、教育を受ける機会さえ持てない環境だ。テロを生み出す社会にも、決まって貧富の極端な格差がある。この根本原因の解決こそが、真の解決だ」

受話器から弓田の声が低く響いた。

「はっきりしていることは、世界はカオスの渦に巻き込まれて、翻弄されていることだ。世界は羅針盤と方向舵なき巨船が、嵐の大海原を漂う――そんな感じだ」

弓田が世界の現状をこう評して、「しかし――」と続けた。

「いつの時代にもカオスはあった。いまは、このカオスがグローバル化し、世界規模に拡大した。世の混沌が世界中に広がり、重なり合い、刺激し合って影響を巨大化している。

このカオスを収める指導力は、いまのアメリカにはない。中華民族の復興を掲げる、民族主義の中国にもむろんない。いわばコントロール不能の無限カオスの状態だ」

「無限カオス!」。雅実に悪寒が走り、鳥肌が立った。

「そう、無限カオス。世界の市民は地球環境を大事にし、〝日常のいま〟を支え合い、平和にやっていく――この平和共生思想が重要ではないかな」

「平和共生思想! 分かるわ」

雅実が感嘆の声を挙げた。このフレーズが、彼女の心の琴線に触れたようだった。

雅実が続けた。

「平和共生思想って言うと、〝古臭い〟って思う向きもあるようだけど、じつは大違い。最も21世紀的思想。その根本は〝人間みな兄弟、自然を愛せ〟ということ、ですね」

「まさにその通り。人はこれを時代遅れのトルストイ的理想主義と思うかもしれないけど、とんでもない。彼の思想は世に出るのが早過ぎた。それこそ21世紀のいまに、ぴったりの思想なのだ」

弓田の口調が、いくらか速くなった。

雅実が「トルストイ」と聞いて共鳴した。弓田の声が彼女の反応を楽しむように弾んだ。

「トルストイ! その影響力は凄い。彼の思想は国境を越えて受け継がれ、人類の偉大なレガシーとなった。19世紀アメリカの奴隷解放を目指した反戦の超絶主義哲学者で、森に丸太小屋を建てて2年2カ月、自然を相手に単身生活した『森の生活（ウォールデン）』の著者、ヘンリー・デイヴィッド・ソロー。ソローの思想もトルストイと共鳴する。それから20世紀インドの不服従主義によってイギリスからの独立運動を指導したマハトマ・ガンディー。自然との共生主義、反権力と不服従。ガンディーはトルストイの影響を受けた。彼の政治哲学はロシアのトルストイに遡る」

雅実の目に、弓田がケータイ越しに微笑んでいる姿が見えた。

「ところで、カオスのグローバル化だが——」。弓田の話が前に戻った。

「これは収まりそうにない。われわれは世界の無限カオスの中で生きていくほかはない」

「恐ろしく心細い話……」。雅実が反応した。

「カオスのグローバリゼーションの下《もと》、生活の心得をどうしなければならないかしら」

「いい質問。まずリスクを避けるため、海外旅行先は注意して選ばなければならないだろうね。が、日常生活となると話は別だ。まず、カオスはいつの時代にもあった、という事実を念頭に置こう。カオスの程度は、時代によって上下に振れるがね。

そう考えると、いまカオスに対処しようと特別に神経を使う理由など、何もない。世の中、いつでもカオスなんだと、割り切って淡々と生活していく。平然と慌てない。これが肝心ではないかな」

弓田がひと息入れて、雅実の反応を窺った。雅実が応じた。

「何か、禅僧の良寛さんのような生き方みたい。俗世間から離れて子どもたちを相手に隠れん坊や手毬で遊んだ……」

「フフフ、良寛さんはモデルの一つかもしれない。だが表向きは淡々と見えても、内心は悩みや考えごとをいっぱい抱えて、これを俳句や歌に詠んだ。こんな俳句もある。

『うらを見せ　おもてを見せて　ちるもみじ』

良寛さんは、カオスの世間から隠遁《いんとん》した哲学者であり、詩人でもあったのだ。彼の目に映った当時の世界は、因習に囚われて身動きの利かない、道理の通らないカオスに見えただろうね」

「なるほど……」

「結論を言うと、無限カオスを乗り切る最上の方法とは。一つは、連帯できるパートナーを見つけることではないかな。1人で道に迷ってしまうところを2人で探せば、最短のルートを見つけられる。そして、僕たちはいまでは共にベスト・パートナーを得た」

耳を傾けていた雅実が、感動の言葉を漏らした。

「まあ、うれしい。あたしもベスト・パートナーを得たと思ってる。仲良くやっていきましょう」

雅実の喜びを確かめると、弓田が付け加えた。

「僕たちのパートナーにじきに山川が加わる。3本の矢、3脚の鼎《かなえ》——3人が結束して力を合わせれば、パワーを何倍も増す。志を同じにした団結は力。3人の知恵とパートナーシップがワークすれば、事業の見通しは明るい。うまくいくこと確実だ」

弓田が新事業の先行き成功を請け合った。

弓田が満足気に付け足した。

「この上に、仕事仲間からも助っ人が加わる。なんと、僕が以前に話した年金機構の友人が話を聞いて〝協力したい〟と知らせてきた。〝情報・人・カネの面で協力できる〟と。

それから元高校、いまは埼玉の中学校で非正規教師を務める友人も、きのう協力を申し出てきたよ。差し当たり県の教職員向け機関誌にデビュウ記事を書くから、事業の概要をメールで知らせてくれ、と」

弓田が数日前から続いている協力の有難い申し出を想い起こした。いずれも仲間の非正規雇用者か、非正規問題に理解を示す識者からだ。彼らに弓田は近く起業する意思をメールで伝えていた。年金機構の香西正三がいる、埼玉の高校教師の山岸康夫がいる。

「協力者はまだいる。かつて外食チェーンで一緒に働いていた人の御両親。このお2人についても今度話すが、関係したある裁判で僕が応援した。お2人は〝息子に代わって事業に使ってほしい、多くの若者を息子のように絶望させないでほしい〟と今朝、現金封筒を送ってきた」

弓田の目の上に、田中菊男の人なつっこい顔が浮かんだ。続いて、彼の父、母の悲しげな顔が。

「ずいぶん、協力の輪が広がってきたのね。あなたの人徳のお陰」。雅実の含み笑いが、弓田の耳に微かに響いた。

「人徳？　超凄いお世辞だ」。弓田が笑い返した。

「もう一つ、これはわれわれの即戦力になるかもしれない。わが銀行で非正規でやっている僕の同僚。彼がなんと、銀行を辞めて、こちらの仕事を手伝いたい、と。彼はよく知っている。実直で飾らない男だ。時々いいアイデアを出す。企画畑に向いているかもしれない」

あの大会議のあと席に戻ると、「何かあったのか」と訊いてきた永野芳朗。弓田は彼の真剣な表情を思い浮かべていた。そのイメージの中で、永野は突っ込んだ質問の時によくするように小首をかしげている。

「今度紹介するが、彼なら熱心に仕事をしてくれる。非正規問題に怒っている男だからね」

弓田はクスリと笑って続けた。

「彼は正直者で憎めない。こうも言っていた。新事業も台所は大変だろうから、最初は非常勤でいい。ただしボランティアでなく、いまの銀行と同じ給与をもらえれば、ありがたい、とね。しっかりした男だよ」。ケータイの向こうから、雅実の笑い声が響いた。

「そう、もう2人、わが銀行から。これは銀行ベースの継続的な協力関係になるかもしれない。起業の知らせをメールすると、その女性の広報担当役員は事業内容を詳しく知らせてほしい、人事ポリシーに生かせるかもしれない、と。経験ノウハウを社内の教育研修講座に活用できる可能性もあるから、ともかく準備が整ったら連絡してほしい、と返信があった」

弓田の目の上に、執行役員の吉沢実果の細身の知的な面影がくっきりと浮かび上がった。

「あと1人は、事務仕事をぜひ手伝わせて。とくに経理なら大歓迎、と言ってくれた元銀行勤めの女性の同僚。仕事は信頼関係で選びたい、と熱心に入社を希望している」

弓田は横山恵利を念頭に愉快そうに語った。

霧が晴れるように、前方の視界が次第に開け、見えてくるのを弓田は感じた。視界の中央に、1本の狭い道が長く真っ直ぐに延びている。

弓田の気分が晴れ上がった。久しくなかった晴れやかさが、弓田の全身を包んだ。

「聞いてる?」。雅実の声が耳に響いた。何かを話したようだ。

「ああ聞いてる」。弓田はそう答えて耳を澄ませながら、ある言葉に思い至った。

(キーワードはこれに違いない。これを念頭に刻まなければ)と弓田は確信して、この言葉を大事に保存しておこうと考えた。

「3本の矢で知恵を出していけば、カオスの大海でもきっと乗り切れる」

雅実の声が聞こえてきた。その弾んだ口調から、雅実もいま晴れやかな気分でいるに違いなかった。

「3人は〝見ざる、聞かざる、言わざる〟の猿ではないよ。〝3人寄れば文殊《もんじゅ》の知恵〟とも言うね。よし、これでいこう」

「フフフ」と小さく笑う雅実の声が漏れた。

話し終えると、弓田はA4のコピー用紙を取り出した。それから背筋を伸ばし、黒のマジックで大きく勢いよく「文殊の知恵」と記した。

6. 離陸

その日の昼、東京・丸の内にある菱友銀行ホールディングス本部ビルの24階ラウンジには、いつになく大勢のゲストが正装で集まり、賑やかに談笑していた。

ゲストといっても、内実は菱友グループの〝身内〟で、30人近いゲストの大部分はグループ各社の名高い社長たちである。彼らが多忙な時間を割いて例外なく出席したのには、理由があった。毎月第2木曜日に開かれる「木曜会」に、就任後1年経った菱友銀行頭取の鳴海英介が「創造的人事政策」の演題で特別講演する知らせを受け取ったからだった。

鳴海は短期間に業績を著しく改善して注目されている。

木曜会はグループ各社の社長もしくは会長に限って参加資格が認められる懇親会で、公開されていないライバル各社の経営情報やトップ人事、労務情報、海外のリスク情報などを交換するのが目的とされた。非公開の秘密情報も多く、得がたい情報会合のために出席率はふだんでも通常のトップ会合よりもずっと高い。各自が有用な情報をこの場で得ると、持ち帰ってそれぞれの会社で検討するのが、暗黙の慣行となっている。

特別講演は定刻通りに開始された。鳴海の話はほどなく「創造的人事政策」の核心に迫った。

「高齢化と人口減少で労働力人口はますます減っていく。この構造問題にどう対応して生産性を高めるか——これが企業が生き残るための喫緊の課題です。カギは二つあります。一つは国際的に見て遅れている女性の活用、もう一つは非正規雇用の活用です」

出席者の多くが、うなずいたりペンを走らせた。女性の活用に関して通り一遍のアドバイスをしたあと、鳴海が「いよいよ本題に入る」と言わんばかりに語りのトーンを変えた。

「さて、非正規雇用の活用に移ります。これはある意味、労働力の活用・生産性向上の観点から最重要のテーマに位置づけられます。非正規は今後増えこそすれ、減ることは絶対にありません。なぜなら、使う側使われる側双方の事情で増え続けるからです。

使われる側からみると、とくにフルでなく短時間で働いた方がよいと考える主婦が広汎に増えている。子育てのメドがつき再就職したいとか、夫の収入を補いたいとか、子どもの学費を稼がなければ、という主婦が不足する労働市場に入ってくる。この部分の増加は顕著な自然増です。

もう一つ、長時間労働や会社に縛られた労働を嫌う者も男女を問わず増えています。こちらも成熟社会になると共に増加していく、自然増部分です」

ここで鳴海は出席者に目を走らせて、全員が聞き入っている様子を確認した。

鳴海はひとしきり非正規雇用を巡る現況を説明してから、「ここから話の本丸に入ります」とおもむろに切り出した。最前列の初老の紳士が、品のいい顔を上げた。

「いまからお話しする非正規雇用の21世紀的活用には、最新の科学的な根拠があります。その一部は、わたし共の銀行の特別プロジェクトチームが独自に調査研究した成果です」

そう言うと、多くの顔が鳴海を見上げた。

このプロジェクトチーム「新雇用戦略チーム」を率いているのが、ほかならぬ彼の長男・俊太郎である。だが、むろん、鳴海が手の内を明かす理由はない。

鳴海が続けた。

「このチームの貴重な調査結果によると、非正規の活用こそが業績の方向を左右する決定的な要素となります。その理由は、非正規雇用者の持つ多様性と潜在力です。

これまでわれわれ企業はコスト節減の観点からのみ、非正規を扱ってきました。いわば画一的な扱いです。その扱いは、非正規を機械的に区分けして低賃金で雇うというものです。

ところが、ここ数年、明らかになった事実は、全雇用の4割にまで達した非正規雇用者という層は、実に人材豊かな層であることです。ガラクタ、と言っては失礼ですが、いわば使い物にならないダメ人間から創造性を秘めた者まで多種多様であることが、はっきりしました。わたし共から見れば、思いがけない発見でした」

鳴海が場内を見渡し、反応を探った。出席者のほとんど全員が、目で話の先を催促している。

「信じ難いでしょうが、わたし共の銀行に非正規の逸材がいます。残念ながら、彼は個人的事情から任期途中で間もなく退職となりますが、彼こそわたし共が考える新雇用戦略の一つのモデルなのです」

そう言うと、大勢の目が話し手に熱っぽく注がれた。

「彼は東京大学出身のまじめな秀才です」

鳴海が明かすと、件《くだん》の初老の紳士の頭が揺れた。

「わたしもこれを知った時、正直、驚きました。なんでなの？　って――」

鳴海が聴衆の反応を楽しむように、次の言葉を慎重に探った。

「彼が非正規であり続けた理由は――」と続けた。

「単なる偶然による不運なのです」

そう言明すると、初老の紳士が「まさか……」とつぶやいた。

「そう、わたしも信じられませんでした。彼の非正規は自ら選んだ道でも、能力的や身体的な問題からそうなったのでもない。正真正銘、不運から非正規になってしまったのです。学生の就活期に家庭的な事情があって就職のチャンスを逃してしまった。その後も非正規を転々とする羽目になった。そういう事情があります」

鳴海が弓田誠の境遇についてやや詳しく説明した。

「彼の能力、意欲については申し分ない、というのがわれわれの評価です。こういう逸材こそ当行に生かすべきだ、と言う意見も一部にありました」

鳴海が内情を明かした。

「しかし――」と、鳴海はひと息入れ、聴衆をグルリと見回した。

「これはあくまでも例外ケースであることを認識しておく必要があります。こういう稀な例外ケースを見出し活用することが、21世紀型創造的人事政策の一環です。それは間違いありません。

が、われわれは同時に、組織の活性化という観点から人事全体を扱わなければなりません。〝木を見て森を見ず〟となってはいけない。そう、1本の木ではなく、森の活性化こそが人事のポイントです」

鳴海の目がギロリと光った。

「結論を言いましょう。非正規の例外的な潜在能力者を目ざとく見つけて、これを準社員、正社員に登用する。途中からはしごを特別に用意してやる。これが重要な措置の一つです。

しかし、全体として非正規雇用はこれまで同様、しっかり低賃金に抑えておかなければならない。ここを勘違いして安易に正社員と同じ待遇——給与条件そのほか——にすることはむろん禁じ手です。

経営の最前線に立っている皆様には、〝釈迦に説法〟と存じますが、厚い低賃金の労働層が広汎に存在しないと、企業経営は成り立ちません。これは必ずしも日本経済だけの話ではない。アメリカも欧州も中国も、同様です。この観点から、非正規雇用に関しては従来通り冷厳に扱う必要があります」

こう言うと、聞き手の反応を探るように、またひと息入れた。全員が鳴海の次の言葉を待っている。

「その理由は——」。鳴海がおもむろに切り出した。

「われわれの拠って立つ経済が、資本主義だからです。資本は常に低賃金を好みます。資本主義制度が曲がりなりにも続く限り低賃金労働層は不可欠の構成要素です。それから生じる格差問題、これは放っておくとたしかに深刻な問題となりますが、政治の問題であって、われわれ経済人がコントロールできるものではない。

21世紀型創造的人事政策の要諦とは、クリエイティブな例外者を取り込みつつ、非正規を低賃金層として外国人労働者を含め広汎に活用していく。そうやって資本主義の森全体を活性化させることにあります」

鳴海がもう一度、ギロリと目をむいた。

「これが、当行特別プロジェクトチームが引き出した創造的な結論です」。そう終えると、いつにない盛んな拍手が場内に湧き起こった。

鳴海はプロジェクトチームの作った報告書を机上から手に取り上げた。それから満面の笑みを浮かべると、深々と会釈して拍手に応えた。


それは翌日、前触れもなしに、唐突に起こった。

未消化分の有給休暇を取得し終えた弓田誠が、午前10時過ぎに仕事場に現れた。ダークグレーの背広に紺系のストライプのタイを締め、唇をキリッと結んでいる。真っ直ぐに課長席の鳴海俊太郎に近づくと、書類に目を通していた鳴海が驚いたように顔を上げた。

「今日まで休みではなかったのかね？」

怪訝な表情で、出勤してきた弓田を見上げた。

「用件があって、1時間ほど出勤することにしました」。弓田が低い声で伝えた。

「わたし、来週の月曜日をもって退職します。ついては頭取にぜひともお知らせしておかなければならない重要情報があるのです」

「思い出した。あなたの退職予定日は来週初めだったね。で、頭取に伝えなければならない重要情報って何？」

鳴海の顔がみるみる曇った。

「頭取はいま、昼食会を前に来社しているはずです。差し支えなければ、課長ご同席の上、その情報をお届けしたいと思います」

鳴海の手がすぐに受話器に伸び、内線番号を押した。（これは機密情報に違いない）と睨んだのだ。

頭取室の秘書に電話がつながった。

「総合企画部の鳴海です。緊急の案件で、いまから頭取にお会いしたいと思いますが、よろしいでしょうか」

「そのままお待ちください」。女秘書は数秒待たせた後、「ご予定が入っていますので、お話は10時半までということで、お待ちしています」と返してきた。

彼女はむろん、鳴海が頭取の息子で、企画部門の中枢を担っていることを承知している。部屋に現れた2人を見ると、頭取の鳴海英介の頭はいくらか混乱した。まさか弓田が一緒とは想像していなかった。（一体、なぜこの男が……）と内心、訝ったのである。

弓田のことは覚えていた。二度会っている。初めは次期戦略策定会議の席上だ。上司の鳴海の側で事務方として慌ただしく動き回っていたっけ。

二度目は、1階のエレベーター前でだ。外出先から帰って来ると、エレベーターから出て来た男が、立っていた女性社員をよけようとして抱えていた書類の束を床に落とした。一部がバラバラに散乱し、男は慌てて拾い集めようとした。わたしが同行した秘書に手伝うように命じ、書類はすべて手早く回収された。

わたしは男にひと言、声をかけた。「その分厚いのが君の足元に落ちなかったのは何よりだった。君は相当、運の強い男だね」

男は腰を伸ばしてわたしに折り目正しく「そうありたいです」と返し、微笑んだ。忘れようもない、その男が弓田だった。

しかし、頭取は内心の乱れをすぐに収めると、その表情にいつもの社交用微笑が戻った。

「急ぎの用件とか？」。静かな口調で発言を促した。

弓田が単刀直入に語り出した。自分の出自と、鳴海家2人との関係についてである。

2人とも終始黙って聞いていたが、明らかに動揺の色を浮かべている。

その言葉を聞いた時、頭取の英介は目を見開き、唇を小刻みに震わせた。弓田の隣にいる俊太郎は一瞬、身をのけぞらせた様子が弓田に分かった。

弓田はこう言ったのだ。

「お2人はお気づきではないでしょうが、わたしのごく近い親類です。頭取、あなたはわたしの実の父です。課長、あなたは私の腹違いの兄弟です」

空気が振動した。

「わたしの母の直子は、わたしが偶然、この会社に就労したのを知って、長い間秘めていた真実をわたしにいよいよ話す時が来た、と心に決めました。そしてトラウマから30年以上も経って、心の重い扉を開いたのです」

2人は凍りついたまま耳を傾けている。

「わたしは母を完全に理解しました。わたしを独りででも生み育てることを決心した。そしてあなたの銀行から小さな出版社に転職して、生まれてきたわたしを大事に育ててくれた。そんな母を尊敬し、愛していますが、同時に不憫《ふびん》でもあります」

ここで弓田は言葉を止め、2人の反応を窺った。父親の方は能面の顔になり、ぼんやりと視線を宙に投げている。隣にいる息子の方は、直立不動の姿勢で固まっている。

弓田がゆっくりとした口調で続けた。

「頭取、あなたは母が妊娠したと分かっても、別の女性との結婚を選んだ。手切れ金を母に1千万円渡したそうですが、〝これでおしまい〟と考えていたのでしょうね。

しかし――」。弓田が言葉を切った。

「頭取、あなたが抹消しようとした生命は母の手で生長し、いま、こうしてあなたの前に立っています。わたしの存在自体が、あなたへの告発です」

俊太郎が、盛んに首を振っている。

能面の口から、つぶやきが漏れた。

「驚きだ……」

だが、それ以上の言葉を発することなく、呑み込んだ。

「そろそろ面会のタイムリミットが来ました」と弓田が告げた。

「あなたが心の痛みを感じ、悔い改めるおつもりなら、ぜひ私の考える行動プランに賛同し、協力していただきたい。プランの趣旨は、お渡しするこの書類に盛り込まれてあります」

そう言うと、弓田は内ポケットから封筒を取り出して頭取に渡した。

2人が出ていくと、頭取の手がもどかしげにハサミを使って封筒を切り開いた。

書類は二つ入っている。メインの書面に「非正規雇用者サポート事業立ち上げのお知らせ」とある。弓田が関係者、メディアなどに向けた新事業の通知のようだ。

これを一読した後、もう一つを見ると「鳴海英介殿」と書かれた私信だった。

それには、こうしたためてあった。

「お話しした件に関し、少なからぬ驚きと悔いの念を感じられたことと推察します。当方が長期間抱えた心の傷とハンディキャップを十分に理解され、共感されれば幸いに存じます。

さて当方は目下、同封のご案内した新事業の創造的立ち上げに向け、必要な資金を広く集めるべく準備に奔走中のところでございます。

つきましては、この新事業に充てる支援金の寸志をお願いできればと考えます。氏の裕福な財政事情に鑑《かんが》みて、少なくとも金1千万円のご寄付が期待できそうだと勝手に憶測している次第です」

英介は目を皿のようにしてこれを読んだ。

それから文末に付記されてある振替銀行先をチラリと見やった。

すべてを読み終えると、空ろな目で20階の窓に近づき、丸の内のオフィス街を見下ろした。

弓田ら2人は頭取室を出ると、弓田が先に立ち無言でエレベーター手前の階段に向かった。総合企画部のある5階まで歩いて下っていく間に、じっくり話せると弓田が考えたのだ。幸い階段には誰もいない。2人の靴音だけが響く。

降り始めて間もなく、鳴海俊太郎がつぶやいた。「こんなこととは……いまいましい」

「……ほとほと愛想が尽きる。親父には償ってもらうほかない」。俊太郎がボソリと言った。

それからしばらく降りると、俊太郎が息を弾ませながらふと立ち止まった。横にいる弓田の方を振り向いて見た。

「こうしたいと思う」。口調がいつもの鳴海に戻っていた。

「あなたが始める新事業に協力してもらおう。年収3億円超の親父の財産のごく一部を、立ち上げ資金に使ってもらう。これが時宜に適った償いの道だ。あなたがよければ、説得してみよう」

「反対する理由は全くありません」。弓田が微笑んだ。

「であれば、早速そうしてみる。少なくとも1千万円くらいは、すぐに用意するように言おう」

鳴海が無造作に請け合った。

2人は5階に戻り、何食わぬ顔で仕事に取りかかった。弓田が残務整理をしていると、スマホにメールが入った。

「依頼の件、完了です」と、ひと言伝えてきた。雅実からだ。弓田は彼女に労働市場調査を依頼したことを思い出した。

「よかった。こちらも上出来」

弓田がすぐに返信した。

【著者紹介】

北沢 栄（きたざわ・さかえ）

1942年 12月東京生まれ。慶應義塾大学経済学部卒業。
共同通信経済部記者、ニューヨーク特派員などを経て、フリーのジャーナリスト。
2005年 4月から 08年 3月まで東北公益文科大学大学院特任教授（公益学）。
公益法人問題、公務員制度、特別会計などに関し、これまで参議院厚生労働委員会、同決算委員会、同予算委員会、衆議院内閣委員会で意見を陳述。
07年 11月から08年 3月まで参議院行政監視委員会で客員調査員。
10年 12月「厚生労働省独立行政法人・公益法人等整理合理化委員会」座長として、報告書を取りまとめた。
主な著書に『公益法人 隠された官の聖域』（岩波新書）、『官僚社会主義 日本を食い物にする自己増殖システム』（朝日選書）、『静かな暴走 独立行政法人』（日本評論社）、『亡国予算 闇に消えた「特別会計」』（実業之日本社）、連詩『ナショナル・セキュリティ』（思潮社）、近著に中小企業小説『町工場からの宣戦布告』『小説・特定秘密保護法 追われる男』（産学社）。訳書に『リンカーンの三分間 ゲティズバーグ演説の謎』（ゲリー・ウィルズ著、共同通信社）。
日本ペンクラブ会員。現代公益学会理事。

小説・非正規　外されたはしご

初版 1刷発行●2016年 7月10日

著 者
北沢 栄

発行者
薗部 良徳

発行所
㈱産学社
〒101-0061 東京都千代田区三崎町2-20-7 水道橋西口会館
Tel.03（6272）9313　Fax.03（3515）3660
http://sangakusha.jp/

印刷所
㈱シナノ

ISBN978-4-7825-3441-0 C0036